你不得不知道的经典故事

封神演义故事

陈林 谢宏模 胡爱国 张召中·改写

南京大学出版社

图书在版编目(CIP)数据

封神演义故事 / 陈林等改写. —南京:南京大学
出版社,2009.7

(你不得不知道的经典故事)

ISBN 978 - 7 - 305 - 06279 - 7

Ⅰ. 封… Ⅱ. 陈… Ⅲ. 章回小说—中国—明代
—缩写本 Ⅳ. I242.4

中国版本图书馆 CIP 数据核字(2009)第 118737 号

出 版 者　南京大学出版社
社　　 址　南京市汉口路 22 号　　　　邮编　210093
网　　 址　http://www.NjupCo.com
出 版 人　左　健
丛 书 名　你不得不知道的经典故事
书　　 名　**封神演义故事**
改　　 写　陈林　谢宏模　胡爱国　张召中
责任编辑　陈晓妍　　　　　编辑热线　025 - 83592193
照　　 排　南京玄武湖印刷照排中心
印　　 刷　阜宁人民印刷有限公司
开　　 本　880×1230　1/32　印张 7.125　字数 148 千
版　　 次　2009 年 7 月第 1 版　　2009 年 7 月第 1 次印刷
ISBN　978 - 7 - 305 - 06279 - 7
定　　 价　12. 80 元

发行热线　025-83594756
电子邮箱　Press@NjupCo.com
　　　　　 Sales@NjupCo.com(市场部)

雷震子

万仙阵

目 录

苏护反商 …………………………… 001

妲己进宫 …………………………… 006

木剑除妖 …………………………… 009

炮烙之刑 …………………………… 013

姜后被害 …………………………… 018

追杀太子 …………………………… 021

收养雷震 …………………………… 025

姬昌被囚 …………………………… 028

哪吒闹海 …………………………… 032

伯邑考救父 ………………………… 038

姬昌回家 …………………………… 041

姜子牙钓鱼 ………………………… 046

姜子牙拜相 ………………………… 051

讨伐崇侯虎 ………………………… 054

武王登基 …………………………… 057

武成王反商 ………………………… 059

大战泗水关 ………………………… 064

兵探西岐 …………………………… 069

张桂芳西征 ………………………… 074

遭遇申公豹 ………………………… 080

大战四圣 …………………………… 086

冰冻岐山 …………………………… 092

恶战四魔 …………………………… 096

初胜闻太师 ………………………… 102

姜子牙被害 ………………………… 107

魂游昆仑山 ………………………… 113

齐破十绝阵 ………………………… 118

大战三仙姑 ………………………… 123

闻太师归天 ………………………… 129

小胜邓九公 ………………………… 135

收服土行孙 ………………………… 141

巧收邓九公 ………………………… 147

苏护伐西岐 ………………………… 154

子牙战吕岳 ………………………… 160

神农救西岐 ………………………… 165

打死四瘟神 ………………………… 168

殷洪倒戈 …………………………… 172

殷洪挑战姜子牙 …………………… 176

收服马元 …………………………… 182

殷洪命绝 …………………………… 189

张山伐西岐 ………………………… 195

智收大鹏 …………………………… 198

殷郊收三怪 ………………………… 204

殷郊反师门 ………………………… 207

收复神灯 …………………………… 213

殷郊受犁锄 ………………………… 217

姜子牙金台拜将 …………………… 222

封神演义故事

苏护反商

商朝纣王八年的初夏，东伯侯姜桓楚、南伯侯鄂崇禹、西伯侯姬昌、北伯侯崇侯虎率领八百镇诸侯到朝歌朝觐纣王。这时太师闻仲不在都城，纣王宠爱费仲、尤浑两位奸臣。各路诸侯都知道这二人把持朝政，作威作福，不敢得罪，只好在朝拜天子前先给他们送礼，贿赂贿赂，博得他们的欢心，希望他们能在天子面前替自己美言几句。

可有人偏偏不买账，那就是冀州侯苏护。这个人性情火烈，刚正不阿，秉公办事，最恨溜须拍马，哪会去送什么礼？两位奸臣清查诸侯的礼物时，发现唯独没有苏护的礼单，心中大怒，怀恨在心，决定要给他点颜色看看。

有一次，费仲、尤浑这两个家伙趁纣王召见之机，故意在纣王面前说："臣听说冀州侯苏护有个女儿，那真是国色天姿啊，而且文静贤淑，知书达礼。如果选进宫来，服侍圣上，那是一件多么美妙的事情啊！"纣王听了龙颜大悦，就命令随侍官传旨宣苏护。苏护来到龙德殿，行过礼之后听命。

纣王说："朕听说爱卿有一个女儿，品行端正，举止文雅，朕想要选她到后宫为妃子，爱卿就是皇亲国戚了。那时高官厚禄，地位显要，享不尽的荣华富贵，名扬四海，天下

封神演义故事

人没有不羡慕你的！爱卿觉得怎么样？"

苏护听了一怔，再看看费仲、尤浑这两个人都在，一下子就明白了。他非常严肃地对纣王说："陛下宫中上有娘娘，下有妃子，个个妩媚动人，还不够吗？臣想肯定有奸臣在陛下面前出馊主意，想陷害陛下承担不义的名声啊。况且臣的女儿体弱多病，一向不懂得礼节，无德无貌，恳请陛下允许我把她留下。这样还能铲除小人谗言对陛下的影响，使天下百姓知道陛下听尽忠言，一心为国，会传为美谈的。"

纣王听了哈哈大笑说："朕看爱卿很不识大体啊。从古到今，谁不希望自己的女儿嫁个好人家？一旦爱卿女儿成为后妃，尊贵无比，爱卿就是皇亲国戚，荣耀显赫，谁又能比呢？爱卿不要执迷不悟了，快快答应吧！"

苏护听后，怒火中烧，禁不住厉声回答："臣只听说作为国君应当品德高尚，勤政为民，这样才能使百姓心悦诚服，甘心顺从，天下才能太平。陛下不要忘了夏就是由于朝政荒废、贪图享乐才灭亡的。想我大商的祖宗，励精图治，赏罚分明，宽厚仁政，才建立了这一番基业。现在陛下不向祖宗学习，却向那夏王学习，这不是自取其败吗？"

纣王听了，气得浑身发抖，勃然大怒："'君教臣死，臣不得不死'这句话你没听说过吗？现在只不过是选你的女儿作为后妃，又不是要你的命，竟敢当面斥责朕，还把朕比作亡国之君！大逆不道，太过分了！来呀，拉出去砍了！"

左右马上将苏护拿下，拖了出去。费仲、尤浑你看看我，我看看你，心想：不能杀啊。这一切都是因我们而起，传出去会对我们不利。如果苏护的女儿将来进宫做了娘娘，我们会吃不了兜着走。尤浑赶紧跪下对纣王说："苏护抗旨，罪该万死。但陛下想想，若因为这件事杀了苏护，传出去不好听，会有损陛下的英名。不如放苏护回去，他自然会感激皇上的不杀之恩，就会心甘情愿地将女儿送来服侍皇上。老百姓也会知道陛下宽厚大度，虚心接受别人的意见，厚待有功之臣，这不是一举两得吗？"

纣王听了，脸色马上多云转晴。他说："就依你们说的。传旨赦免苏护，命他赶紧回去，不得长期停留在朝歌。"

苏护接到圣旨，闷闷不乐地回到住处。手下人都问："将军，圣上召见，商议什么大事呢？"苏护气得一拍桌子，破口大骂："这个无道的昏君！不思进取，听信谗言，居然想选我的女儿进宫为妃。这一定是费仲、尤浑这两个浑蛋出的主意。我据理力争，昏君居然说我抗旨，还要杀我！现在假惺惺地放了我，实际上是在逼我献上女儿。不是我不愿意让女儿进宫，而是我不希望昏君误国，否则我就成了千古罪人了。怎么办呢？各位有没有高招啊？"

各位将领听后，个个义愤填膺，都说："当今圣上真是个昏君，不值得我们为他卖命，不如反出朝歌，自立为王，建立我们自己的国家。"

这个时候的苏护正在盛怒之下，气昏了头。一听大家这么说，想都没想就说："对！就这么办。大丈夫光明磊落，不能做让人不明白的事！"于是叫左右取来文房四宝，在午门墙上题了一首诗："君坏臣纲，有败五常，冀州苏护，永不朝商。"随后带着随从出了朝歌，直奔冀州而去。

话说纣王正等着苏护的好消息呢。突然午门内臣来报：

"臣在午门，看见墙上题有苏护反诗一首。"纣王一见，气得七窍生烟，哇哇大叫："岂有此理！朕不杀你，让你回去，你反而写诗挑衅，污辱朝廷，罪该万死。"于是命令苏护的上司北伯侯崇侯虎领五万征讨，浩浩荡荡地向冀州进发。

两军阵前，只杀得天昏地暗，血流成河。双方各有胜负，不分伯仲，处于相持阶段。

这天苏护听守城官来报：西伯侯姬昌的大夫散宜生求见。苏护一向与西伯侯关系不错，就打开城门让散宜生进来。苏护问："大夫光临冀州，有何指教？"散宜生说："卑职奉西伯侯之命，带来一封书信给您。"

苏护打开一看，只见信上写道："西伯侯姬昌问候冀州君侯：我听过这样一种说法，整个国家和它的子民都是皇帝的。现在天子想要选妃，只要是官员、富贵之家，哪个能躲得过去？您有一个好女儿，天子想要选她入宫，这是好事呀。您居然敢与天子抗衡，违背天子旨意，还题了反诗，想要干什么呢？您已经犯了不可饶恕的罪行。您只顾小家，为爱女儿，失去了君臣的大义。我听说您一向忠心耿耿，为人正直，所以不忍心坐视不管，特地良言相劝。如果您听我的，可转祸为福！我认为您献上女儿，有三大好处：第一，您的女儿得到天子宠爱，尊贵无比，您作为父亲是皇亲国戚，享尽荣华富贵。第二，冀州这个地方将远离战火，永保安宁。第三，老百姓可免遭生灵涂炭之苦，军人可免除战争的杀戮。您如果执迷不悟，就会有三害降临：第一，冀州失守，家园无存。第二，骨肉分离，家族灭绝。第三，生灵涂炭，军民将遭灭顶之灾。大丈夫应当舍小节，顾大义，哪里能效仿那些鼠目寸光之辈自取灭亡呢？我与您都是商朝的大臣，不能见死不救，所以直言相劝，希望您三思而行，当机立断。"

苏护看完，半天没说话，只是不住地点头。长叹一声："真是一句话惊醒梦中人啊！我随后带上女儿，向陛下请罪。"

妲己进宫

苏护回到家中，将事情的来龙去脉向夫人杨氏详细地说了一遍。夫人放声大哭，苏护再三安慰。夫人含着眼泪说："我们这个宝贝女儿一向娇生惯养，根本就不懂得服侍皇上的礼节，如果惹出什么事情，该如何是好？"苏护也叹息一声："唉！这也是没有办法的事，只有听天由命了。"夫妻二人长吁短叹，伤感了一夜。

第二天，苏护点齐三千人马、五百家将，准备好行李，叫女儿妲己梳妆打扮，启程出发。妲己听后，深明大义，同意前往。她拜别母亲、哥哥，抱头痛哭，骨肉分离，依依不舍。

苏护护送妲己日夜兼程，向朝歌前进。一天傍晚，到了恩州。恩州守丞前来迎接，苏护说："大人赶紧收拾屋子，安置贵人。"守丞说："侯爷，这个驿站三年前出现过一个妖精。以后凡是有路过的官老爷，皆不在城里停留休息，所以请贵人暂且在军营里安歇，可确保平安无事。不知道老爷认为怎么样？"苏护大声喝道："这是什么话？天子的贵人，还怕什么妖魔鬼怪吗？城里有好房子住，哪有住在军营的道理？你快去打扫房子，收拾得干干净净，不要找借口拖延，否则治你的罪。"守丞一听，赶紧去了。心里却想：不听好言相劝，遇到妖精可不要怪我没有提醒你们。他赶忙叫众人收拾好屋子，准备好铺盖，点上香草。

苏护将妲己安置在后面内室里，有五十名丫环左右服侍着。将三千人马都布置屋子外面担任警戒，五百家将在门口站岗。苏护亲自坐在大厅里，点上蜡烛，心想："刚才守丞说这里有妖怪，可这是个繁华热闹、人烟密集的地方，怎么会有这种事呢？但是也不能不作防备。"于是将自己的兵器豹尾鞭放在桌子旁边，挑灯看起了兵书。

不觉已经到了一更时分。苏护始终放心不下，就提着铁鞭，悄悄地走到后堂，对周围仔细观察了一番。听不到女儿和丫环们的声音，知道她们已经睡着了，这才放心。他回到大厅里再看兵书，不觉又到了二更天，一切正常。

将要到三更天时，怪事发生了。忽然一阵风刮来，吹得人寒毛立了起来，吹得灯忽明忽暗。

苏护也被这阵怪风吹得毛骨悚然，心中正大惑不解时，突然听到后面内室里有个丫环大叫一声："有妖精来了！"苏护听说后面有妖精，急忙左手拿着灯，右手提着铁鞭，直奔内室。刚到大厅后面，手中的灯已被妖风扑灭。苏护急忙转身再到大厅，大叫："家将赶紧拿灯火来。"拿来灯火后再进内室。只见丫环们慌慌张张，手足无措。苏护急忙到妲己的床前，用手揭开帐子，问："女儿啊，刚才有一股妖气袭来，你有没有事？"妲己回答说："刚才女儿正在做梦，好像有丫环喊妖精来了，女儿正要起来看，就见到了灯光，才知道是爹爹来了，并没有看见什么妖精啊。"苏护吁了一口气，说："感谢老天保佑，没有惊吓了你就好。"苏护又安慰了女儿几句，让她继续安息，自己仍然去巡视，不敢睡觉。

但苏护不知道这个回话的已经不是他的女儿苏妲己了，而是一只千年狐狸精。真的妲己已经被狐狸精害死了，魂魄也已经被狐狸精吸去了。狐狸精附在苏妲己的形体上，借妲己的身形迷惑众人，而苏护还把它当做女儿，一点儿都不知道，继续护送"妲己"上路。

到了朝歌，纣王免去了苏护的罪过，宣妲己朝见。"妲己"进午门，过九龙桥，来到大殿，下拜口称万岁。纣王一见就被妲己的绝世美貌惊呆了，揉了揉眼睛，以为是仙女下凡、嫦娥转世。"妲己"眉目如画，万种风情，娇滴滴地说："罪臣的女儿妲己，祝愿陛下万岁万岁万万岁！"就这几句话，就把纣王叫得魂不附体，骨软筋酥，手足无措，赶紧搀起"妲己"。命令左右宫女："赶紧送苏娘娘进寿仙宫，好好侍候。"

"妲己"就这样进了皇宫。纣王被它所迷，整天寻欢作乐，不理朝政。

木剑除妖

终南山有一位有名的道士，名字叫云中子，是个有千年道行的神仙。

有一天他闲着没事，手里提着水火花篮，到虎儿崖那边去采药。正在腾云驾雾时，忽然看到东南方有一道妖气，直冲云霄。云中子掐指一算，不由感叹："原来这是个千年狐狸精，附在人的形体上，隐藏在朝歌皇宫中。如果不早点除掉，一定会成为祸害。"

他连忙吩咐金霞童子："你去取一段枯松枝来，我把它削成一把木剑，用来除掉这个妖精。"金霞童子不解地问："师父为什么不用宝剑来斩断这个妖精，以绝后患呢？"云中子笑着说："小小的千年狐狸精，哪需要我动用宝剑呢？用木剑就足够了。"

于是童子取来松枝，云中子就把它削成木剑，然后吩咐童子："你好好在这儿看门，我去去就来。"云中子离开终南山，脚踏祥云，直奔朝歌而去。

再说纣王，整日沉迷酒色之中，一个月都没上朝了，急得首相商容、亚相比干和上大夫梅伯团团乱转。比干说："皇上被妲己迷住了，沉湎酒色，不理朝政，等待处理的文件堆积如山，天下要大乱啊！这可怎么办呢？"梅伯、商容也是束手无策。梅伯说："这样下去怎么得了！老丞相有什么好办法吗？"比干说："作为大臣我们都要尽责尽力，看来只有闯进皇宫，冒死相劝了。你们觉得怎么样？"商容说："大人说得有理，我们就这么办。"于是他们跑到皇宫外敲击起了钟鼓。钟鼓一响说明出大事了，纣王只好恋恋不舍地离开妲己，赶紧升殿。他看见各位大臣手里都抱着一捆捆奏章，顿时不耐烦地说："没什么事，你们敲钟击鼓干什么？让你们给吵死了。"比干跪倒说："皇上已经一个月都没有上朝了，整天呆在宫中。恳求皇上以国事为重，勤政爱民……"纣王一听就火了："简直是一派胡言。朕的天下太平，百姓安居乐业，大臣都恪尽职守，需要每天都要上朝吗？"商容也赶紧跪倒，刚说了句："皇上……"就被纣王打断了："不要再说了……"

殿上争得正热闹，忽然午门官启奏："陛下，终南山有一位叫云中子的道长求见，说有机密的事情向陛下报告。"纣王正想有个台阶下，于是传旨："宣云中子上殿。"

只见云中子手拿拂尘，慢慢地走了进来。见到纣王作了一个揖，说道："陛下！贫道有礼了！"纣王问："道长从哪里来啊？"云中子回答："贫道从终南山来。"纣王又问："道长有什么指教啊？"云中子说："贫道闲来无事，在山峰上采药，忽然看见一股妖气从朝歌直冲云霄。我就纳闷了，都城怎么会有妖气呢？所以贫道特来朝见陛下，除掉这个妖精。"纣王听了将信将疑，心里嘀咕：皇宫重地，防守森严，怎么会有妖精呢？宁可信其有，不可信其无。于是就说："道长既然说宫中有妖精，那用什么来除掉它呢？"云中子从花篮中取出松枝削的剑，拿在手中，对纣王说："陛下不要小看这把木剑，它有巨大的威力，可以降妖除魔。"说完就把木剑交给纣王。

纣王接过木剑，左看看右瞧瞧，不解地问："这把剑怎么使用呢？"云中子说："很简单，把它挂在分宫楼上，不出三天就会有应验。"

纣王随即传旨："将此剑挂在分宫楼前。"然后一想：这个道士有这么大的本领，如果留在身边为我保驾护航该多好啊。于是就对云中子说："道长有这么高强的法术，能不能留下来为国效力？"云中子说："承蒙陛下厚爱，贫道的见识浅陋，平时也自由惯了，还望陛下谅解。"纣王心想：这种人是管不住的，还是算了吧。于是用重金送走了云中子。纣王一直惦记着妲己，再没有心思议政。于是退朝，起驾回宫。文武百官没有办法，只得散去。

纣王兴冲冲地回到后宫，却不见妲己出来接驾，心里很不安，就问："苏美人为什么不来接驾？"侍御官回话："启奏陛下，苏娘娘突然染上重病，不省人事，躺在床上呢。"纣王听后，跳下龙椅，直奔寝宫，来到床前，揭起帐子，只见妲己脸色蜡黄，昏昏入睡，气息微弱，一副要断气的样子。

纣王看后，大吃一惊："美人早晨送朕出宫时，美貌如花，为什么一有病，就危险到这种程度？叫朕如何是好？"这时只见妲己微微睁开眼睛，勉强张开嘴，呻吟了一声，有气无力地说："陛下，臣妾中午去迎接您，走到分宫楼前等候接驾，猛一抬头看见一把宝剑高高地悬在那儿，不觉惊出一身冷汗，然后就得了这个病。没想到我的命这么薄。我倒没

什么，只是今后不能在陛下身边伺候了。恳请陛下自己多保
重，不要为我担心，不要挂念我了……呜呜……"说完双手
掩面哭了起来。透过指缝，妲己见到纣王目瞪口呆，半天没
说话。之后，他长叹一声："唉！美人啊，都怪朕一时糊涂，
差点酿成大错。是这样的，分宫楼上的那把剑，是终南山的
云中子让朕挂的。他说后宫中有妖气，用那把剑可以除妖。
哪知道这个妖道用妖术想要害美人，故意捏造朕的后宫有妖
气。朕想这皇宫大院，戒备森严，哪会有妖怪的道理？真是
妖道误人，朕差点上当了。"纣王大笑一声后，传令："来呀，
将那妖道的木剑从分宫楼上取下来，快快把它烧掉，不得有
误，差点吓坏了我的美人，这还了得！"然后，纣王再三安
慰妲己，一夜都没有睡觉。

　　烧了这把木剑之后，就失去了除掉妲己——狐狸精的机
会，它很快就康复了，从此皇宫里的妖气绵绵不绝，把纣王
迷得颠倒错乱，荒了朝政，众叛亲离。

炮烙之刑

　　纣王焚毁木剑时云中子还没有回终南山，他看到妖气又从皇宫冲出之后，不由长叹一声："我原以为这把木剑能除掉妖精，没想到竟让纣王给烧了。这是老天要灭商朝啊！天意不可违。贫道下山一场，也要留下点纪念。"于是取出文房四宝，在司天台照墙上写下二十四个字：

　　"妖气秽乱宫廷，圣德播扬西土。要知血染朝歌，戊午岁中甲子。"

　　云中子题罢，扬长而去，回终南山了。

　　朝歌的百姓看见一位道长在照墙上题诗，全都过来看，识字的人还念了出来，大家都莫名其妙，不知道什么意思，七嘴八舌地议论着。正热闹时，太师杜元铣回衙门正好经过这里。看见这么多人围在这儿，赶紧问："这里出了什么事了？"管家回道："老爷，有位道长在照墙上题了诗，大家都围着看呢。"杜元铣一看，心想："前天有位道长进朝献剑，说皇宫里有妖气，肯定与这个有关。先帝对我恩重如山，我不能不管。"于是连夜写了个奏章，第二天一早就送到文书房。今天值班的是丞相商容，杜元铣非常高兴，上前见过礼后，就说："老丞相，昨天有位道长在照墙上题诗的事你听说了吧，这可关系到江山社稷的安危啊。我特地写了个奏章，请老丞相一定要呈给皇上。"商容听后说："太师既然如此操劳，老夫哪有不管的道理？不过，这些天皇上根本就不上朝，连面都见不着，怎么汇报呢？这样吧，今天老夫与太师一道闯进后宫去见皇上，怎么样？"杜元铣说："既然如此，只好这么办了。"于是二位直奔后宫而去。

到了分宫楼，商容见到侍卫官，就说："请大人通报皇上，就说商容有要事求见皇上。"侍卫官就去通报。纣王虽然不高兴，但商容是三朝元老，碍于这个情面，不得不见。商容进来跪在台阶前。纣王说："丞相有什么急事，非得要来宫中见朕？"商容回答："太师杜元铣发现了重大情况，写了个奏章托臣交给陛下。"说完将奏章呈了上去。

纣王一看，又是关于宫中妖精的事。于是回头问妲己："杜元铣上书，又提妖精在宫中作怪的事，这是为什么？"妲己上前跪倒说："前几天妖道云中子捏造谣言，蛊惑人心，差点要了我的命。现在杜元铣又借题发挥，肯定是妖道的同党，无事生非，制造混乱，弄得人心惶惶。依我看，这些人是故意制造谣言，非把这个国家毁了不可。如此罪大恶极，应该把他们都杀了！"纣王说："美人说得好极了。"于是传旨："来呀，把杜元铣斩首示众，惩戒那些传播妖言的人。"

商容一听就呆了，不容他说情，杜元铣就被五花大绑，推出午门。刚到九龙桥，遇到上大夫梅伯。他看见杜太师被绑，就问："太师这是犯了什么罪过啊？"杜元铣叹了口气："哎！一言难尽啊！"梅伯看到商容，就问："丞相，杜太师怎么了？"商容说："太师为了朝廷上奏章，说宫中有妖精。皇上听了苏娘娘的话，居然要杀太师。"梅伯听了气得七窍生烟，大叫："太师是国家的栋梁，怎么说杀就杀了呢？丞相，我们一道去问问皇上。"说完拉着商容就往宫里闯。

纣王一看，耐着性子问："二位爱卿有什么事情？"梅伯回答："陛下！臣梅伯想不明白，杜太师犯了什么国法？"纣王说："杜元铣与妖道是同伙，谣言生事，惑乱民心，危害国家，罪不可赦，这等奸臣，还留着干什么？"梅伯听了，不禁怒火中烧，大声说道："臣听说尧治理天下的时候，善于听取文武大臣的意见，所以天下太平。陛下不理朝政，只听苏姐己的鬼话，大好的河山就要葬送在你这个昏君之手了！"纣王听了气得浑身发抖，大叫一声："把梅伯推出去砍了。"

侍卫正要动手，姐己说："且慢。皇上，这个人胡言乱语，大逆不道，不能这样便宜了他。"纣王问："美人有什么高见？"姐己说："皇上，不如先把梅伯关起来。我想到一种刑罚，保证以后不会再出现像这样欺君犯上的人。"纣王一听来了劲，问："是什么样的刑罚啊？"姐己说："这种刑具是用铜造一根高二丈、圆周八尺的柱子，上、中、下共有三个门，里边用炭火烧红。把他的衣服扒光，用铁丝绑住，裹在铜柱上，不一会就烧成了灰。这种刑罚叫'炮烙'。如果不用这种酷刑，就镇不住那些奸臣、恶人。"纣王听了哈哈大笑，说："美人的方法真是太妙了。"于是传旨："将杜元铣斩首示众，将梅伯关进大牢，火速制造炮烙刑具。"

商容见纣王昏庸无道，听信姐己，竟然造炮烙这样残酷的刑具，不由长叹一声："罪孽啊！国家怎么不会灭亡？大势已去，我还留在这里干什么？"于是对纣王说："陛下，臣已经老了，不能担当重任了，如果有一天糊涂了，得罪了陛下恐怕承担不起。所以恳求陛下看在臣三朝元老的薄面上，允许老臣解甲归田。"

纣王见商容要辞官，嘴上假惺惺地挽留，心里却巴不得他走，于是答应了。

商容垂头丧气地与前来送行的黄飞虎、比干等官员告别。

没过几天，炮烙刑具就造好了。纣王非常高兴，对妲己说："美人的方法太神奇了，真是治理国家的栋梁啊。明天先把梅伯处治了，看以后谁还敢不听朕的话?"

第二天，纣王上朝，钟鼓齐鸣，文武大臣站立两旁，朝贺完毕。武成王黄飞虎看见宫殿东面有二十根大铜柱，不知道这是什么东西，心里正嘀咕，就听纣王说："带梅伯。"纣王又下令把炮烙铜柱推来，在三层门里烧起了炭火，用大扇子呼呼地扇着，一会就把铜柱烧得通红。各位官员看得莫名其妙，不知道纣王要干什么。

这时梅伯带到，只见他披头散发，穿着白衣服，跪在下面，说："罪臣梅伯参见陛下。"纣王用手一指铜柱，说："老家伙，你看看这是什么东西?"梅伯摇了摇头。纣王大笑，说："你只知道骂朕、侮辱朕。现在我要你尝尝厉害。告诉你吧，这就是'炮烙'。朕要在大殿前炮烙你，让你顷刻间灰飞烟灭。谁要再敢狂妄，欺君犯上，梅伯就是榜样。"

梅伯听后，大骂道："你这个昏君! 梅伯死了没什么可惜的。可怜的是大商天下，竟丧失在昏君之手上! 你死后有什么面目去见你的祖先?"

纣王大怒，命令剥去梅伯的衣服，用铁丝绑住手脚，按在烧红的铜柱上。可怜的梅伯大叫一声，气绝身亡。宫殿上皮肤筋骨乱飞，臭不可闻，不一会就化为灰烬。

文武大臣全都闭上了眼睛，心惊肉跳，浑身颤抖。看到一名忠良竟然这样惨无人道地被害死了，人人觉得心寒，个个萌生不想当官的念头。

姜后被害

炮烙梅伯后，纣王回到后宫，妲己出来迎接圣驾。纣王传旨："设宴与美人庆功。"瞬时鼓乐齐鸣，好不热闹，一直到二更天还不停息。姜皇后被闹得怎么也睡不着，就问："深更半夜的，这是什么声音？"宫女回答："娘娘，这是从寿仙宫那儿传来的。"姜皇后叹了口气说："皇上听信妲己，用炮烙残害梅伯，太惨了。我想这个贱人肯定是在蛊惑皇上，引诱皇上做坏事。身为皇后，不能不管，我去寿仙宫看看。"

到了寿仙宫，只见妲己在翩翩起舞，纣王醉眼蒙眬。姜皇后马上变了脸色，对纣王说："我听说作为国君，应当有好的修养，要远离女色，勤政爱民，才能得到百姓的爱戴。现在皇上只知道享乐，这样下去是很危险的，望皇上三思而行啊！"说完掉头就走。

纣王正在兴头上，被姜皇后泼了一盆冷水，很是恼火。妲己赶紧火上浇油，跪下说："我从此再也不敢唱歌跳舞了。"纣王问："为什么？"妲己故作委屈地说："姜皇后这是在责备我啊，说我用歌舞来害皇上。如果传出去，我还怎么做人呢？"说完放声大哭。纣王听了大怒，说："不要管她，美人只管服侍朕。改天朕废了她，立你为皇后。有朕为你做主，不要担心。"妲己听了笑逐颜开。暗想："姜皇后是我的一块心病，一定要想办法除掉她。"

于是她想到了大奸臣费仲，通过宫女鲧捐给他下一道密旨，要他想方设法除掉姜皇后。费仲也犯难了。他知道姜皇后毕竟是一国之母，她的父亲又是东伯侯姜桓楚，手握百万雄兵，怎么惹得起？但这小子一肚子坏水，一看到膀阔腰圆的家丁姜环，就计上心来。赶紧通知鲧捐，要妲己配合。

一天，妲己对纣王说："陛下有好多天没有上朝了，文武百官会有意见的，不如明天上朝吧。"纣王听了很高兴，就说："美人真是贤惠，朕明天就上朝。"

第二天纣王走出寿仙宫，过了圣德殿，来到分宫楼前。正走着，突然从分宫楼门角旁，窜出一个人来。他手拿宝剑，厉声大喝："好你个昏君，整天只知道吃喝玩乐，要你有什么用？我奉了皇后的命令杀了你，好让我的儿子做皇上。"说完一剑刺过来。还没等他靠近，就已经被侍卫拿下，带到大殿上。文武百官不知道出了什么事。纣王说："刚才在分宫楼旁有一名刺客，拿着剑想刺杀朕，不知道是谁指使的，哪位爱卿愿意去审问一下？"费仲怕别人审会露出马脚，赶紧说："臣愿意去审。"他去了一会儿就回来了。纣王问："审出来了吗？"费仲奏回答："刺客姓姜，名环，原来是东伯侯姜桓楚的家将，奉了姜皇后的命令行刺陛下，想夺取皇位。"纣王听了，气得一拍桌子，大叫道："姜皇后是朕的妻子，竟然敢杀我篡位，还有什么夫妻情分？朕这就回宫去问问她。"说完怒气冲冲地走了。文武百官都在原地等待。

姜皇后一听说是她指使姜环刺杀皇上就傻了，放声大哭："冤枉啊！冤枉啊！这是什么人在害我啊？我一向忠于皇上，怎么可能去刺杀他呢？"

妲己一看皇后不承认，狠狠地说："如果皇后不承认，就挖掉她的一只眼睛。"

姜皇后说："我们家世代忠良，如果我承认了，就是对我一家的污辱，今后姜家还怎么做人？别说是一只眼睛，就是要了我的命，也要把清白留在人间。"刚说完就被侍卫挖掉了一只眼睛，鲜血直流，染红了衣服。姜皇后疼得昏了过去。

妲己见皇后还不承认，咬牙切齿地说："不用酷刑，她是不会承认的。来呀，用烧红的铜板烫她的手指。十指连心，不怕她不承认。"

姜皇后宁死不屈，双手被烫得血肉模糊，惨不忍睹，又昏死了过去。

姜皇后的两个儿子太子殷郊和二儿子殷洪，听说母亲遭受了酷刑，大叫一声，闯进牢房。太子看见母亲浑身是血，两只手像焦炭一样，放声大哭。姜皇后听到儿子的哭声，睁开一只眼睛，用颤抖的声音说："这都是让妲己害的啊。你们要为我报仇雪恨啊！"说完咽下了最后一口气。

追杀太子

　　太子殷郊见母亲死了，拔出宝剑，边跑边叫："我要杀了妲己，为母亲报仇。"

　　纣王听说二个儿子提着宝剑杀过来，不由大怒："两个逆子竟敢胡作非为，这还了得？留着也是祸害。"他命令道："用龙凤剑将这两个逆子杀了，以正国法。"晁田、晁雷领剑出宫，奔太子而去。

　　两位殿下的年纪还小，殷郊十四岁，殷洪才十二岁。刚才因为目睹母亲的惨死才一时冲动，等冷静下来，才想到凭他们俩不仅杀不了仇人，反而会遭杀身之祸。怎么办呢？他们想到正直的武成王黄飞虎，知道他和大臣们都在大殿等待消息，就飞奔而去。

　　殷郊一见黄飞虎就大叫："黄将军快点救救我们兄弟两个！"说完大哭，然后一五一十地把事情的经过说了一遍。黄飞虎刚要说话，就听到有人大声叫道："天下大乱了！先是造炮烙残害忠良，现在害皇后杀太子。这样的天子我们还效忠他干什么？不如我们反了吧。"

　　众人一看，原来是镇殿大将军方弼、方相兄弟二人。二人力大无比，一人背起一位殿下直奔朝歌南门而去。

　　纣王听说方弼、方相造反了，不由大怒，命令黄飞虎前

去捉拿。

黄飞虎没有办法，只好骑上五色神牛，追赶方弼、方相和二位殿下。五色神牛日行八百里，一天就追到了。

太子一看就明白了，肯定是父亲派他来捉拿自己的，就说："将军既然是奉命追杀，我知道你不能违抗。不过看在我们含冤受屈的分上，恳求将军杀了我回去复命，放走我的弟弟吧。"殷洪急了，哭着说："黄将军，不能杀我哥哥，他可是太子啊！要杀就杀我吧！"殷郊说："不，你还小，杀我吧！"殷洪说："不，还是杀我吧！"

黄飞虎看了既佩服又心痛，含着泪说："别争了，我谁也不杀。"然后对方氏兄弟说："方弼、方相，你们保护太子和殿下去投奔东伯侯姜桓楚和南伯侯鄂崇禹。我这儿有块玉，你们拿去作路费。快走吧。"

方弼、方相保护二位殿下一路逃命。方弼说："我们四个人在一起开销太大，目标也大。不如我们分开，各自去找援兵，怎么样？"

殷郊说："既然这样，我们就分手吧。"兄弟二人抱头痛哭，难舍难分。

黄飞虎推说没追到他们，纣王又派殷破败、雷开二将点三千人马去捉拿他们。黄飞虎利用权力，发了三千老弱病残的士兵给殷破败、雷开，二人没有办法，只好分两路追赶。

殷洪一边哭，一边走。他年纪小，又是在宫中长大，怎么吃得这种苦？再加上饥饿，前不着村，后不着店的，也没有地方歇脚。心想：这下完了。走着走着，忽然看见一座古庙，就进去休息。一路走过来，疲倦极了，倒下就睡着了。

再说殷郊也是日夜兼程。他也没吃过这个苦，也受尽了罪。傍晚时，实在走不动了。看见有一户大宅院，上面写着"丞相府"三个字。殷郊想："这家可能是做官的，可以借宿一晚。"于是说敲门，问："里面有人吗？"

门开了，太子一看，大喜过望，原来是老丞相商容。太子哭着就把经过向商容说了一遍。商容很伤心，说："怎么会是这个样子？虎毒还不食子啊。太子，不要担心，我就拼了这条老命，也要保护你。"正说着，殷破败进来了。

原来殷破败看到"丞相府"三个字，知道是丞相商容的府上。殷破败是商容的学生，所以推门就进来了。一看到太子，高兴极了。就说："千岁、老丞相，学生奉天子的旨意，来请殿下回宫。"商容一看，没办法了，只好说："殷将军来得好，你先保护太子回宫，我随后就到。"

殷郊心里直叫苦，但他想："我被抓了，所幸的是弟弟跑掉了，还有伸冤报仇的机会。"可他到营中一看，呆住了。弟弟殷洪正坐在那儿呢。

原来雷开领着士兵追赶，人困马乏，差点从马上掉下来，就想找个地方休息。看到一座庙，就进去了。只见一人正在熟睡。雷开向前一看，正是殿下殷洪。雷开笑着说："真是老天有眼，再往前走，就碰不到了。"于是殷洪被逮个正着。

殷郊又见到殷洪，心如刀绞，上前一把抱住殷洪，放声大哭。就这样兄弟二人又被押回朝歌。

妲己听说二位殿下被抓了回来，高兴得跳了起来，说："立即斩首。"

两位殿下危在旦夕。

说来也巧，太华山云霄洞赤精子、九仙山桃园洞广成子二位神仙闲来无事，云游四方。踏着祥云，正好路过朝歌。一看下面绑着两个人，就大发慈悲，一人救了一个。只见飞沙走石，天昏地暗，二位殿下一眨眼功夫就不见了。

收养雷震

　　皇后惨死，王子失踪，纣王也睡不安稳。他忧心忡忡地对妲己说："如果东伯侯姜桓楚知道女儿惨死，外孙失踪，肯定会领兵造反，杀进朝歌的。这如何是好？"妲己说："还是把费仲喊来，问问他有什么好计谋吧。"纣王说："说得有理。传费仲。"

　　费仲这个家伙做坏事可在行了。眼珠一转，就对纣王说："这事好办，只要陛下暗中传四道圣旨，把四镇大诸侯骗进都城，找个借口把他们杀掉，斩草除根，那八百镇的小诸侯也就群龙无首，不敢造反了，天下就会太平。陛下认为这个主意怎么样？"

　　纣王听了非常高兴，说："爱卿真是人才啊！没有辜负苏皇后的推荐。"纣王于是暗中发了四道圣旨，命令送到姜桓楚、鄂崇禹、姬昌、崇侯虎四大诸侯那儿。

　　送往西岐的那个官员，不敢懈怠，一路风尘仆仆，快马加鞭，没几天就到了西岐山的都城。官员看到城内十分繁华，商品丰富，买卖公平，人来人往，和颜悦色，很有秩序。官员感叹："早就听说西伯侯是个明君，果然名不虚传。"

　　到大殿后，官员宣读了圣旨。原来是纣王借平定北方叛乱的名义，召集四大诸侯到朝中共商大事。

　　既然这样，姬昌不得不去了。于是向上大夫散宜生交代有关事宜，又招来大儿子伯邑考，吩咐一番。接着到后宫向母亲姜老夫人、夫人太姬告别。次日打点行李，向朝歌进发。

　　这一天走到燕山，天气晴朗，阳光灿烂。姬昌突然说："看看前面有没有村庄或者茂密的树林可以躲雨，马上就要下大雨了。"

　　随从们看看天，再你看看我，我看看你，都莫名其妙。大家七嘴八舌地议论："这么晴朗的天，天上一点云彩都没有，太阳晒得我们都冒汗呢，雨会从什么地方来？"正说着呢，突然四周冒出一片雾来，姬昌急了，大叫："快进树林里躲雨。"

　　大家刚钻进树林，雨就落了下来，简直是倾盆大雨，足足下了有半个时辰。这时姬昌又吩咐道："大家小心了，炸雷就要响了。"雨太大，有些人听不见，只好一个一个往下传。还没传完呢，只见一道闪电，只听"轰隆"一声巨响，震耳欲聋。众人大惊失色，都紧紧挤在一处，生怕把自己给震飞了。

　　不一会，雨停云散，阳光灿烂。大家都觉得奇怪，只听姬昌说："非同寻常的天气一定有非同寻常的人物出世，大家快找找看。"大家虽然不相信，还是四处寻找。找着找着，突然听到婴儿的啼哭声。大家都傻了，顺着声音找去，只见一个婴儿躺在一座古墓旁哇哇大哭。一个随从说："这是一座古墓，哪来的孩子？太奇怪了，真是非同寻常的人物。"赶紧抱起来递给文王。

　　姬昌一看，这个小孩太可爱了，小脸红扑扑的，眼睛炯炯有神，正对着他笑呢。姬昌很高兴，心想：我命中注定有一百个儿子。现在我有九十九个儿子，加上这个小孩正好一百个，真是太美了。就命令手下："将这个小孩带到前面村里请人抚养，待我回来后带往西岐。"

翻过燕山，正往前走，忽然看见一个老道挡住了去路。只见他向姬昌一抱拳，说道："君侯，贫道有礼了。"姬昌一看就知道是世外高人，赶紧回礼，说："不敢。请问道长是何方高人啊？"那个老道人回答："贫道是终南山玉柱洞的道士云中子。刚才听到一声响雷，猜到一定有非同寻常的人物出现。我就是来找他的。"

姬昌一听，就命令手下把小孩抱过来给老道看看。老道一看就说："真是非同寻常啊！一定是将星出世。"又对姬昌说："侯爷，贫道想把这个小孩带上终南山，收为徒弟，将来一定还给侯爷。不知道侯爷愿不愿意？"姬昌说："道长带去当然好了。但是以后相认，拿什么作为凭证呢？"云中子说："闪电打雷以后才现身，就以雷震为名，以后来认雷震子就行了。"姬昌点了点头，云中子就抱着雷震子回终南山去了。

七年后姬昌有难，雷震子下山相助，救了姬昌。

姬昌被囚

姬昌送走云中子和雷震子后，日夜赶路，来到朝歌，住进驿馆。另三位诸侯：东伯侯姜桓楚、南伯侯鄂崇禹、北伯侯崇侯虎已经早来了，正在喝酒。一看西伯侯到了，邀请他一道喝酒。直喝到将近二更时分，都喝多了。

馆中有一名士兵叫姚福，见三位还在喝酒，自言自语地说："各位侯爷现在畅快地喝吧，恐怕明天就喝不到了。"话虽然说得很轻，但夜深人静的，还是被姬昌听到了。他一听这话中有话，就问："是什么人在说话？过来！"姚福只好过来。姬昌问："你为什么说这样的话？说实话有赏，说假话有罪。"姚福心想：这下糟了，真是祸从口出啊。没办法，只好硬着头皮说："侯爷，这可是机密啊。因为姜皇后被害死，二位殿下失踪了。皇上怕四位侯爷造反，就听信妲己娘娘的话，暗中传圣旨，宣四位侯爷来，明日早朝不分青红皂白，一律斩首。小人不忍心，不知不觉就说出这样的话。"

姜桓楚一听就蹦了起来，问："姜娘娘是怎么被害死的？两位殿下是怎么失踪的？"

姚福见话已经收不住了，只好一五一十地把事情的经过说了一遍。

姜桓楚听后犹如万箭穿心，大叫一声昏倒在地。被扶起来后，放声痛哭，边哭边说："我的女儿竟然被挖眼睛，炮烙双手，从古至今，哪有这种残忍的事？"

姬昌也很难过，就劝道："东伯侯要节哀啊，人死不能复生，别伤了自己的身体。今夜我们各自写一个奏章，明天早朝时交给皇上，为姜皇后洗清罪名，还她清白。"

姜桓楚哭着说："姜门不幸啊，谢谢各位了。"

第二天，早朝升殿，文武大臣站立两旁。姜桓楚行过礼后，将奏章呈上。丞相比干接过来递给纣王。纣王看也没看就把它扔在一边，劈头盖脸地问："姜桓楚，你可知罪吗？"姜桓楚奏道："臣镇守东鲁，保卫边关，奉公守法，尽责尽力，有什么罪过？陛下听信谗言，不顾夫妻之情、父子之情，惨绝人寰，没有人性，是陛下有罪。"纣王大怒："老贼命令女儿刺杀君王，一心篡位，罪证如山。现在反而强词夺理，目中无人。来啊，拖出去，把他碎尸万段。"

武士不由分说，将姜桓楚绑起来就往外拖。姜桓楚边走边骂。

西伯侯姬昌、南伯侯鄂崇禹、北伯侯崇虎连忙跪下，齐声说："慢着！陛下，臣等有本奏。姜桓楚一心为国，绝不会篡位，望陛下详察。"

纣王铁了心要杀四镇诸侯，哪有心思看奏章，把它们扔在一边。一拍桌子，大声说："你们串通一气，谋求篡位。来啊，将他们这些叛臣一块杀了！"

武士一齐动手，把三位大臣绑了起来。

这时，大夫费仲、尤浑站了出来，跪下说："臣有话要说。"纣王问："你们有什么话要说？"只听费仲说："陛下，这四位大臣虽然有罪，但要区别对待。姜桓楚有杀君之罪，不可饶恕。姬昌、鄂崇禹和他是一丘之貉，也该处死。可北伯侯崇侯虎一向忠心耿耿，为国效力，屡建功劳。而现在他只是糊涂，随声附和，并不是有意对抗陛下。如果不分青红皂白，一齐被杀，实在太冤。不如将功折罪，赦免了他，让他们戴罪立功。陛下觉得怎么样？"原来这两个家伙平时得到崇侯虎不少好处，所以为他说情。

纣王见费仲、尤浑建议赦免崇侯虎，心想："费仲、尤浑为我出了不少力，就给他们一个面子吧。"就说："两位爱卿说的也是。就赦免崇侯虎。"

武成王黄飞虎一听就火了，站了出来。比干、并微子、箕子、微子启、微子衍、伯夷、叔齐七人同时站了出来，跪了下来。

比干说："臣启奏陛下，作为大臣，是天子治理天下的助手。姜桓楚镇守东鲁，多次立有战功。如果说他刺杀君王，是站不住脚的，怎么说杀就杀呢？况且他家是世代忠良，把东鲁治理得有条不紊。姬昌忠心不二，为国为民，实在是国家的栋梁。鄂崇禹镇守南方，日夜为大王操劳。希望陛下能明察，赦免他们，我们也会感激不尽。"

黄飞虎也说："姜桓楚、鄂崇禹都是举足轻重的大臣，一向没有过错。姬昌更是忠心耿耿，国家的安定有他的一份功劳。现在一旦无罪而死，怎么能服众？况且他们手上都握有百万雄兵，如果让他们的手下知道了，恐怕会起兵反抗，国家怎么会太平呢？希望陛下为国家着想，三思而行。"

纣王见大家都为他们说话，怕引起众怒，不得不让步，说："朕也知道姬昌是忠臣，但他不该随声附和。看在众位爱卿的面子上，朕就赦免他。但如果他日后谋反，你们也要负责任。至于姜桓楚、鄂崇禹大逆不道，杀无赦。再有说情的，与他们同罪。"

　　大臣们听纣王这么一说，也就无计可施。眼看着姜桓楚、鄂崇禹被处以极刑。

　　姬昌幸免于难，出来感谢各位，并哭着说："姜桓楚无辜惨死，从此天下将永无宁日了。"大家也是各自摇头、叹息。

　　纣王准备放姬昌回去，这可急坏了费仲。他对纣王说："姬昌外表看起来忠诚，其实内心奸诈。如果放他回去，就是放虎归山啊。他肯定会造反，成为心腹大患的。"纣王听了一惊，说："朕已经答应放姬昌回去，怎么能出尔反尔呢?"费仲说："陛下不用着急，臣有一计，就说朝中正是用人之际，需要西伯侯留下来辅助朝政，他不敢不从。"纣王说："爱卿说得有理，就这么办吧。"

　　姬昌正和各位大臣告别，只见一匹快马赶来，等到了面前，原来是晁田。晁田大声说："西伯侯，皇上有旨请你回朝。"西伯一看，知道自己走不了，就对家将说："我还有一难，你们赶快回去，我七年后会平安回去的。"

　　说完就和晁田一起回到朝歌。

哪吒闹海

陈塘关的总兵叫李靖，从小拜西昆仑度厄真人为师，学成五行遁术，下山辅佐纣王。

妻子殷氏，生有两个儿子，长子叫金吒，拜五龙山云霄洞文殊广法天尊为师；次子叫木吒，拜九宫山白鹤洞普贤真人为师。殷夫人后又怀孕，已经三年零六个月了，还不生产。李靖心里就犯了疑，一天指着夫人的肚子说："怀孕三年多还不降生，不是妖精就是怪物。"夫人也很烦恼，说："这一胎不是好兆头，让人很担心啊。"

这天夜里，夫人睡得正香，梦见一位道长把什么东西送进自己怀中，猛然惊醒。吓出一身冷汗，肚子突然觉得疼痛难忍。李靖觉得夫人要生了，赶紧安排人手。自己坐到大厅里，惴惴不安地等消息。

突然，只听两个丫环大叫："老爷，不好了！夫人生下来一个妖精。"

李靖听了急忙拿着宝剑，冲进房间。只见房内有一团红气，屋子里有一种奇怪的香味，看到有一团肉像轮子一样在地上滴溜溜滚动。李靖大吃一惊，一剑朝肉团上砍去。肉团被砍成两瓣，从中间突然跳出一个小孩。只见他全身发出红光，红扑扑的脸蛋，右手套了一个金镯子，肚皮上围着一块红肚兜，满地乱跑。李靖惊呆了，一把抱起来，左看看右瞧瞧，分明是个好好的孩子，不像妖怪啊，就递给了夫人。夫人一看，是个可爱的儿子，非常高兴。

第二天，许多人都来祝贺。这时管家来告诉李靖："老爷，外面有个道长求见。"李靖一听，就说："快快有请。"只见道士走了进来，对李靖说："将军，贫道有礼了。"李靖回过礼，就问："请问道长是何方高人？今日到此，有何见教啊？"道长说："贫道是乾元山金光洞太乙真人。听说将军喜得贵子，特来道贺。能不能让贫道看看公子？"李靖就把儿子抱了出来。道人接过一看，就问："公子起了名字没有？"李靖回答："还没有。"道长说："贫道给他起个名字叫哪吒，就给贫道做个徒弟，怎么样？"李靖说："愿意拜道长为师。请道长先吃饭吧。"道长说："这个就不必了。贫道还有事，马上要回山。告辞了。"说完就走了。

时光飞逝，一晃七年过去了，哪吒已经七岁了。

这年夏天，天气炎热，哪吒在家里呆得心烦，就对母亲说："母亲，孩儿想到外面玩一会，好吗？"殷夫人很疼爱儿子，就说："好吧。让家将带你去。可不要贪玩，快去快回。"

哪吒就和一名家将出来了。走了大约一里路，天太热了，哪吒热得满头大汗。正好前面有一条河，清澈见底。哪吒一看可高兴了，脱了衣裳，坐在石头上，把红肚兜放在水里，蘸着水洗澡。这条红肚兜可不是一般的红肚兜，叫"混天绫"，是个宝贝，摇一摇天地都会震动。哪吒不知道这条河叫"九湾河"，在东海口上。哪吒用混天绫在水里一摆，那就翻江倒海了，把东海龙王的水晶宫摇得直晃。东海龙王敖光正在睡觉呢，一下子就被掀到地上。他一骨碌爬起来，惊惶失措地问："是不是地震了？巡海夜叉李良，赶紧去看看。"

夜叉来到九湾河一望，只见一个小孩子在用红肚兜蘸水洗澡。蘸一下，水就晃一下。于是大叫一声："这是哪家小孩子在捣乱？"

哪吒回头一看，只见从水底冒出来一个怪物，蓝脸红头发，一张大嘴，两颗大牙露在外面，手里拿着把大斧子。就说："你这个怪物，怎么这么说话？"

夜叉听了大怒，说："我是巡海夜叉，你竟敢骂我是怪物？"说完跳上了岸，不由分说，一斧子朝哪吒的头上劈来。哪吒光着身子呢，见夜叉这么凶，赶紧转身躲了过去。把右手腕上的金镯子朝空中一抛。这可不是普通的金镯子，它叫乾坤圈，也是个宝贝。乾坤圈正落在夜叉头上，打得他脑浆都流出来了。

哪吒一看乾坤圈脏了，就放到水里去洗。水晶宫哪里能经得起这两件宝贝的震动，差点儿就晃倒了。敖光大叫："怎么回事？夜叉回来了吗？"只见一个虾兵气喘吁吁地来报："龙王，不好了！夜叉李良被一个小孩打死了。"敖光吃了一惊，说："谁这么大胆，竟敢打死夜叉？我去看看这是什么人？"

话还没说完，只见龙王三太子敖丙说："父王不要发怒，孩儿去把他拿下。"于是骑上逼水兽，拿着一把戟，跳出水面。大声叫道："是什么人打死巡海夜叉李良？"

哪吒一看，又是一个怪物，就说："是我。"

敖丙打量了一下哪吒，问："你是谁？"

哪吒回答："我是陈塘关李靖的三公子哪吒。我在这里洗澡，与他无关，他却骂我，还不分青红皂白地打我。打死他活该。"

敖丙气得哇哇大叫，说："什么？夜叉是龙王派来的，你竟敢打死他，还在这里狡辩？"说完就用戟刺哪吒。

哪吒手无寸铁，只好把头一低，躲了过去，说："住手！你是谁啊？怎么蛮不讲理？"

敖丙说："我是东海龙王的三太子敖丙。"

哪吒听了，笑着说："你原来是敖光的儿子。怪不得这么嚣张。我可不怕。要是把我惹火了，连你父亲那个老泥鳅一块打，还要剥了他的皮。"

敖丙一听气坏了，又一戟朝哪吒刺了过来。

哪吒也急了，把混天绫朝空中一抛，混天绫变得很长很长，往下一拉，就将敖丙裹住了，再一拽，敖丙就从逼水兽上掉了下来。哪吒冲上去，用一只脚踩住敖丙的头，拿起乾坤圈就砸。一下就把三太子打出了原形，是一条龙，直挺挺地躺在地上，只有出的气，没有进的气了。

哪吒一看敖丙这么不经打，就骑在他身上，说："看你还敢不敢作威作福了？我要剥你的皮，抽你的筋，给我父亲做衣服。"

家将吓得浑身发抖，腿都软了，哆嗦着说："少爷，你闯祸了。"连滚带爬地回来了，也不敢告诉老爷和夫人。

敖光听虾兵说三太子被打死了，还被剥了皮抽了筋，当时就晕过去了。醒来后，狠狠地说："李靖纵子行凶，我要找他讨个说法。"说完就气势汹汹地来到陈塘关。一进帅府，就指着李靖的鼻子说："你生的好儿子哪吒，竟敢打死夜叉和我的三太子！"

李靖莫名其妙，说："龙王搞错了吧？哪吒才七岁，怎么可能呢？"

敖光说："就是哪吒。不信，你喊来问问。"

李靖说："真是怪事。来啊，去把哪吒找来。"

哪吒一看这架势，就明白是怎么回事了。赶紧说："父亲，孩儿今天到九湾河洗澡，没想到冒出来一个夜叉。孩儿又没惹他，他却骂我，还拿斧子劈我。我一时生气就用乾坤圈把他打死了。后来又有一个叫什么三太子敖丙的，一来就用戟刺我，被我用混天绫裹住，用脚踩住头，用乾坤圈一砸，没想到打出一条龙来。孩儿想龙筋最贵重，就抽了他的筋，想给父亲做件衣服。"

李靖听了吓得张口结舌，半天说不出话来。

哪吒又对敖光："伯父，对不起，我不知道他是一条龙。筋还给你，我一点都没动。"

敖光气得两眼直翻，对李靖说："我找玉帝评理去。"说完，扬长而去。

李靖急得直跺脚，指着哪吒说："你闯大祸了，我们都要被连累了。"

哪吒见父亲急成这个样子就说："爹爹不要着急。我不会连累你们的。"

没过几天，敖光请了另外三个龙王：敖顺、敖明、敖吉来兴师问罪，准备捉拿李靖。

　　只见哪吒大声说道："老龙王，一人做事一人当，是我打死了敖丙、李良，不管我父亲的事。你们不是要我偿命吗？那就拿去好了。"说完，哪吒就拔出宝剑刺向自己的心窝。

　　后来，太乙真人用法术又让哪吒死而复生，脚上还安了风火轮。

伯邑考救父

　　姬昌被囚禁在朝歌已经快七年了。他的儿子伯邑考非常着急。一天，他对大夫散宜生说："父王被囚禁这么多年，做儿子不能不救。我决定前往朝歌代父赎罪，你认为怎么样？"

　　散宜生回答："公子啊，主公不会有事的，他说七年之后就会回来。你去了恐怕凶多吉少，还是不去的好。"

　　伯邑考说："父王要遭七年的罪，那还要我们九十九儿子干什么？就这样决定了，我带祖传的三件宝贝前往朝歌进贡，代父赎罪。"说完就进宫向母亲太姬夫人辞行。

　　太姬夫人说："你走了，西岐的事交给什么人呢？"

　　伯邑考说："家里的事就交给弟弟姬发，外面的事就交给大夫散宜生，军队的事就交给南宫将军。"

　　太姬夫人见伯邑考坚决要去救父亲，就答应了。伯邑考又和弟弟作了一番交代，收拾好行李向朝歌进发。

　　到朝歌后找个驿馆住下，然后前往丞相府，想找丞相比干帮忙。

　　比干知道伯邑考的来意后就说："难得公子一片孝心。不过你进贡的是什么宝贝呢？"

伯邑考回答："是我家祖传的七香车、醒酒毡和白面猿猴。七香车是轩辕皇帝在北海打败蚩尤时留下的。如果人坐在上面，不用推拉，想到哪儿就到哪儿。醒酒毡是用来醒酒的。如果喝醉了，躺在上面一会酒就醒了。白面猿猴虽然是畜生，但它能歌善舞。"

比干听了说："果然是宝贝。我一定替公子转达。"说完就进宫见纣王。

纣王一听有如此好玩的东西，心花怒放，就宣伯邑考进殿。

伯邑考进来跪倒在地说："罪人的儿子伯邑考朝见皇上。"

纣王说："姬昌罪大恶极，儿子能进贡为父亲赎罪，真是孝子啊。"又转身对妲己说，"皇后，伯邑考的这片孝心还是很难得的，是不是啊？"

妲己这时已经看呆了，因为伯邑考长得实在太英俊了，眉清目秀，唇红齿白，简直是标准的美男子啊。妲己正发呆呢，听纣王这么一问，赶紧回过神来，说："是啊，皇上。不过我听说伯邑考的琴弹得很好，举世无双。能不能弹上一曲，以饱耳福啊？"

伯邑考回答说："回娘娘的话，现在我的父亲被囚禁，痛苦万状。我哪有心情弹琴呢？"

纣王一听伯邑考要扫妲己的兴，就说："你就弹一曲，如果好听，朕就放你们父子回家。"

伯邑考听纣王这么一说，顿时高兴起来了。只见他盘腿坐在地上，把琴放在膝盖上，十指拨动琴弦，弹了一曲。

琴声悠扬，婉转动听，大家都陶醉了。纣王说："果然名不虚传啊。"

姐己说："可惜这么好听的曲子以后再也听不到了。"原来姐己完全被伯邑考的翩翩风度给迷住了，她要想办法把伯邑考留在身边。

纣王看姐己一副伤感的样子，就问："伯邑考要回去，那怎么办呢？"

姐己说："不如这样吧。陛下让伯邑考留在这里教我弹琴，等我学精通了，再弹给陛下听。这样伯邑考可以通过这种方式来报恩，又可以让这么美的音乐留在这里，真是两全其美啊。"

纣王听了，很高兴，说："皇后真是太聪明了！就这么办吧。"于是传旨让伯邑考留在这里教姐己弹琴。

姐己暗自高兴，心想我一定要把伯邑考弄到手。于是在伯邑考教琴的时候百般挑逗。

伯邑考是个正人君子，哪受得了这个。他严厉地对姐己说："娘娘是一国之母，请放尊重点。如此轻佻，成何体统？又怎么能母仪天下，受万众爱戴呢？"

一席话让姐己恼羞成怒，气得把伯邑考赶走了。心想："真是不识抬举。气死我了，我一定要让你粉身碎骨，方解我心头之恨！"于是哭哭啼啼地跑到纣王那儿，说："陛下，伯邑考名为教琴，却居心不良调戏我。陛下可要为我做主啊！呜呜……"

纣王听了大怒，说："伯邑考竟敢如此大胆！来啊，将他砍了。"

可怜伯邑考这个孝子，为了营救父亲，惨死于姐己之手。

姬昌回家

妲己杀了伯邑考后，害怕被姬昌知道真相。看着伯邑考的尸体，心生一条毒计。就对纣王说："陛下，我听说姬昌能掐会算，号称圣人。圣人是不会吃自己儿子的。现在将伯邑考的肉叫御厨用作料做成肉饼，赐给姬昌。如果姬昌吃了，说明他这个圣人浪得虚名，那就把他放了，以显示陛下的仁慈；如果不吃，应当赶快杀了姬昌，以绝后患。"

纣王听了，说："皇后说得对，就这么办。"于是命令御厨将伯邑考的肉做成饼，派人赐给姬昌吃。

姬昌被囚禁在里城，每天不是研究阴阳八卦，就是弹琴消遣。这天正弹着琴，突然琴弦断了一根。这是不祥之兆啊。姬昌赶紧算了一卦。之后泪流满面，说："我的儿子不听我的话，遭到杀身之祸！现在如果不吃他的肉，性命就难保；如果吃了他的肉，于心何忍啊？"

不一会，使臣就带着圣旨来了，说："陛下见侯爷呆在这里辛苦，就把昨天打的猎物鹿獐做成肉饼，特地赐给侯爷，命我送来了。"姬昌跪在桌子前，揭开盒子盖，说："多谢皇上恩典。"说完高兴地一连吃了三块饼。

使臣见姬昌吃了儿子的肉，暗想：人人都说姬昌能未卜先知，现在竟然不知道吃的是儿子的肉，真是名不副实啊！回去向纣王报告这个情况了。

纣王听了使臣的话，说："既然姬昌浪得虚名，留在这里也没什么用，还是放了他吧。一来可以显示朕的博大胸怀；

二来可以给文武百官有个交代。"

姬昌正沉浸在失去儿子的巨大痛苦之中，自责地说："孩子啊，不要怪我。父亲实在没有办法啊。"正伤心呢，忽然使臣到，说："奉圣旨赦免西伯侯姬昌。"姬昌赶紧谢恩，收拾行李，离开里城，前往朝歌。

到了朝歌，姬昌朝见纣王。只听纣王说："爱卿在里城呆了七年，却毫无怨言，忠诚可嘉。现在朕不光要赦免你，还要封你为忠孝公，赏赐白旄黄钺，每月再加禄米一千石，荣归故里，继续坐镇西岐。在朝歌游街三天，接受大臣、百姓的祝贺。"

姬昌谢恩，找个驿馆住下，等待文武百官来庆贺。这时有人来报武成王黄飞虎求见。姬昌赶紧迎接这位好朋友。

黄飞虎一见姬昌就说："西伯侯啊，你怎么这么傻！真的在这里等三天啊？"

姬昌说："武成王，此话怎讲？"

黄飞虎说："当今皇上宠信妲己，不理朝政，听信谗言，迫害忠良。东南两处的各路诸侯已经造反了。你还是笼中之鸟，网中之鱼啊。这其中的变故还很大，说不定皇上就已经改变主意了。你还不赶快离开这个是非之地！还游什么街啊？回家去吧。"

姬昌听了，叹了一口气说："武成王啊，我也想早点回去啊。可是没有令牌，五关怎么过得去呢？"

黄飞虎说："这个不难，令牌在我手里，现在就给你。赶紧走吧。"说完取出令牌交给姬昌。

姬昌接过令牌，谢过武成王，乔装打扮连夜逃出朝歌。

驿馆的官员见姬昌跑了，赶紧向纣王汇报。

纣王一听，知道姬昌迫不及待地逃跑，肯定大事不妙。马上命令神武将军殷破败、雷开点三千骑兵前去追赶。

殷破败、雷开快马加鞭，拼命地追。姬昌回头看见后面尘土飞扬，听见人喊马嘶的声音，知道是追兵到了，姬昌惊得一身冷汗，恨不得马能腾云，肋生双翅，而可怕的是潼关就在前面拦着。

正在这危急时刻，突然风雷大作，从天空中飞下一个人来，停在西伯侯面前，问："您可是西伯侯姬老爷？"

姬昌一看，吓了一跳。原来这个人长得像个怪物：脸是蓝的，头发是红的，一张大嘴，两颗大牙露在外面，眼珠子像铜铃，闪闪发光，还长着一对翅膀。西伯侯还以为遇到了鬼，心想我怎么这么倒霉啊。既然这个怪物问了，只好说："我就是姬昌。"

那个怪物一听，连忙跪了下来，说："父王，孩儿来迟了，让父王受惊了。"

姬昌一下愣住了，说："你搞错了吧，我不认识你啊，怎么是你的父亲呢？"

雷震子说："孩儿是您在燕山收的雷震子啊。"

姬昌想了想说："噢，是有这么回事。你让终南山云中子给带走了，现在正好七年了。你怎么长成这个样子？为什么会来这里？"

雷震子说："说来话长，孩儿先带您离开这个危险的地方，路上再告诉您。"说完背起姬昌就飞了起来。

路上，雷震子告诉姬昌："我师父算出您有难，就叫我去找一件武器。我在山涧找啊找，忽然看见一棵上有两颗红杏，就采下来吃了。没想到就长成现在这个模样了。然后师父就叫我来救您。"

姬昌很高兴，趴在雷震子的背上，眼睛紧紧闭着，耳旁只听到呼呼的风声。一会儿就已经出了五关，在一个叫金鸡岭的地方落了下来。姬昌睁开眼睛，知道已经回到故乡了。

雷震子说："父王已经出五关了，孩儿也告辞了，父王多多保重。"

姬昌吃惊地问："孩子，你怎么在中途抛下我？"

雷震子说："这是师父的命令，救父王出关马上就回去。师命不敢违背，待孩儿学成之后再来孝敬父亲。"说完叩头告别。

姬昌独自一人回到西岐，文武百官及儿子们前来迎接。姬昌左看看，右瞧瞧，唯独不见长子伯邑考。想到儿子被杀，自己还吃了他的肉，不禁泪如雨下，心如刀绞，一张口"哇"地一声，吐出来一个肉团。那个肉团就地一滚，突然长出了四只脚，两只耳朵，变成兔子朝西方跑去。

姬昌仰天长叹："儿啊，我把你带回来了。"

众人忙问是怎么回事。姬昌就把自己的遭遇详细地告诉了大家。

大家一听义愤填膺，大夫散宜生说："主公，纣王残暴无道，杀妻诛子；制造炮烙，残害大臣；沉湎酒色，不理朝政。这样的昏君我们还保他干什么？"大家都说："反了吧，为公子报仇。"

姬昌说："大家不要意气用事。想我姬昌忠君报国，怎么会做出如此大逆不道的事情？天子是国家的元首，虽然有过错，但作为大臣应当以忠孝为首。各位的心意我明白，但不能因为个人恩怨而使狼烟四起，生灵涂炭。否则我姬昌就成了罪人，留下骂名。目前我们应该做的是建设好自己的家园，以报皇恩。"

　　大家见姬昌如此仁义，心中除了佩服之外，再也无话可说了。

姜子牙钓鱼

姜子牙，名尚，已经七十二岁了，是昆仑山玉虚宫元始天尊的弟子。

一天，他的师父把他叫来，说："徒弟啊，师父知道商朝就要灭亡，周朝就要兴起。你生来就是将相的人才，现在就下山寻找明主，建功立业去吧。"

姜子牙知道师命难违，就拜别师父下山去了。

一天，姜子牙在渭水边垂钓，遇到一名樵夫。这名樵夫放下柴担子，好奇地问姜子牙："我经常看见老人家在这里钓鱼。请问你是谁啊？为什么到这个地方？"

姜子牙回答："我是东海许洲人，姓姜名尚，字子牙，道号飞熊。"樵子听了，大笑不止。姜子牙不解地问："你又是谁？为什么要笑？"

樵夫止住笑说："我叫武吉，西岐人。你的道号怎么叫飞熊？笑死我了。"说完拿起鱼竿，一看又大笑了起来。

姜子牙被笑愣了，问："你又笑什么？"

武吉提起鱼线，指着鱼钩说："我天天看你钓鱼，这鱼钩是直的，能钓着鱼吗？"

姜子牙一捋胡须，笑着说："原来你笑这个。这是我的乐

趣，愿者上钩。"

武吉一听笑疼了肚子，说："老人家，不会钓鱼，你就别找理由了。我教你一个方法，把针用火烧红了，弯成钩的样子，再装上诱饵，线上再穿上浮子。鱼来吃诱饵时，浮子就会动，再使劲往上一提，钩子就钩住鱼鳃，鱼就钓了上来。这样才能钓到鱼。像你这样钓鱼，别说三年，就是一百年也钓不到一条鱼的。这么笨，还叫飞熊？"

姜子牙听了哈哈大笑，说："你只知其一，不知其二啊。老夫在这里垂钓，目的不在鱼，而是在这里钓宰相呢。"

武吉听了，一只手抚着肚子，一只手不住地抹眼泪，说："真是笑死我了。居然还有像你这样的人？想做官想疯了吧。瞧瞧你这副尊容，还想做宰相，做梦吧你。"

姜子牙生气地说："小伙子，话可不能说得这么难听。我这副尊容怎么了？你才是一副倒霉样呢。不相信？你今天到城里肯定会出事，大祸临头了。"

武吉听了说："我才不信呢。"说完挑起柴担就到西岐城中去卖。

一会到了南门，遇上了姬昌的车队。路比较窄，武吉挑着一担柴闪在一旁。站着比较累，他就换个肩膀。突然担子掉了一头，扁担弹了出去，正好打在一名士兵的头上。劲道太大了，这名士兵当时就没气了。

只听有人大喊："樵夫打死士兵啦！"立即把武吉抓住，押到姬昌面前。

姬昌问："你是什么人？为什么打死我的士兵？"

武吉战战兢兢地回答："小人是西岐的良民，叫做武吉。

因为让大王的车队，道路狭窄，在将柴担换肩时，误伤了你的士兵。"

姬昌说："你既然打死了人，当然就要抵命。"于是就在南门画地为牢，将武吉囚禁起来。因为姬昌能掐会算，犯人不敢跑，否则被抓回来会罪加一等。

武吉被关了三天，他想起孤苦伶仃的老母亲不觉放声大哭。大夫散宜生正好经过南门，看见武吉哭得伤心就问："你打死人就要偿命，这是天经地义的事，哭什么？"

武吉回答："小人不幸遇到冤家，说我大祸临头。现在误将士兵打死，理当偿命，不敢埋怨。可是小人有七十多岁的老母没人照顾。小人没有兄弟，又没有老婆，母亲一定会饿死的。想起母亲，我就伤心地哭了起来。呜呜……"

散宜生听了非常同情武吉，就说："你不要哭了，我去侯爷那边说说看，先放你回去，为你母亲准备好生活用品，然后再法办。"说完就去见姬昌，说："侯爷，武吉弄出了人命被关在南门大哭。我问为什么哭，他说有一个七十多岁的老母亲无人照看。武吉不是故意伤人，我看还是先把他放回去，让他尽尽孝道，把他母亲的生活安排好之后再让他偿命，侯爷觉得怎么样？"

姬昌听了觉得有理，就同意了。

武吉被放出来后，向家中飞奔。老远就看到母亲靠在门框上盼望儿子回来。见武吉回来了，忙问："儿子啊，出了什么事了，怎么过了好几天才回来啊？我为你担心死了，怕你在深山老林里遇到豺狼虎豹。整天为你提心吊胆，寝食不安的。你回来我就放心了。到底怎么了？"

武吉听了放声大哭，说："母亲啊，孩儿不孝。大前天去南门卖柴遇到侯爷的车队，我挑着担子躲闪，没想到一头的担子掉了，扁担打死了一位士兵，所以被关起来了。多亏上大夫散宜生老爷为我说情，先放我回家为母亲准备好生活用品，然后再去偿命。母亲啊，你白养活我了。"

母亲一听儿子弄出了人命，吓得魂不附体，一把抱住武吉，哭着说："我的儿子忠厚老实，怎么会出这种事情啊？你要是有三长两短，我还怎么活啊？"

武吉说："那天孩儿挑着柴走到溪水边，看见一个老人在钓鱼，线上只拴着一根针。孩儿就问他这样怎么可能会钓到鱼？他居然说不是为了钓鱼，而是在钓宰相。孩儿就讥笑他这副尊容不可能当官。他说我一脸倒霉相，会大祸临头的。我不相信，结果当天到城里就出大事。我想那老人的话太毒了，太可恶了。"

母亲听了叹口气说："你也太不懂事了，怎么这么没礼貌？那个老人不是一般人，恐怕他有先见之明。孩子，赶快去向人家道歉，再求求他救你。他是一位高人，肯定会有办法的。"

武吉听了母亲的话，赶紧去找姜子牙。来到溪边，见姜子牙坐在垂杨下面还在钓鱼呢。于是恭恭敬敬地叫了一声："姜老爷。"

姜子牙抬头一看，见是武吉，就说："你是那天的那个樵夫吧？那天卖柴出事了吗？"

武吉慌忙跪下，哭着说："小人是一介山野村夫，不会说话，那天冒犯了您，望您大人不计小人过，救救我吧。"说完就把事情的经过讲了一遍。

姜子牙听了故意说："你这是人命案子，我也没有办法。"

武吉赶紧往前爬了几步，哀求道："老人家，您要是不救，那可是两条人命啊。看在我老母亲的分上，发发慈悲吧。将来我就是做牛做马，也会报答您的。"

姜子牙见他态度比较诚恳，就说："你要我救你也行，但你必须拜我为师。"

武吉听了，赶紧下拜。

姜子牙说："你既然是我的弟子，我就得救你了。这样，你赶紧回家，在你的床前挖一道四尺深的坑，长度随便，晚上就睡在坑内。叫你母亲在你头前点一盏灯，脚后点一盏灯。然后抓两把米或者饭撒在你身上，再放上些乱草。就这样睡，早上起来只管去做生意，就没事了。"

武吉听了马上回家布置。

此后相安无事。一有空，武吉就跟师父学文武韬略。

一天，散宜生忽然想起武吉的事，半年过去了还没有归案，就向姬昌汇报。姬昌掐指一算，就对散宜生说："武吉跳进河里畏罪自杀了。"说完叹了一口气，摇了摇头。

姜子牙拜相

春天来了，阳光明媚，百花齐放，桃李争艳。面对大好的春光，姬昌便对手下说："这几天正好闲着没事，我们今天出去踏踏青，享受一下这春色。"

众人都说好，于是就来到郊外。路上也有许多前来踏青的人，大家有说有笑的，沉浸在美妙的大自然中。

姬昌看到老百姓安居乐业，非常高兴。侧耳一听，那边还有几个渔夫正在唱歌，好听极了。姬昌被吸引住了，于是走过去问："这么美好的歌曲是出自谁之手啊？你们当中一定有高人吧。"

那些渔夫笑了起来，说："我们哪里是什么高人啊？这首歌是河那边的一个老头写的。"

姬昌听了就对散宜生说："既然这样，我们就去拜访拜访他吧。"

于是他们一边欣赏美丽的风景，一边去找那个老头。走着走着，又听到一些樵夫在唱歌。姬昌很纳闷：怎么这么多人会唱这么美的歌呀？就问其中一个："这首歌是谁写的啊？"

那个樵夫说：是河那边的一个钓鱼的老头写的。"又是那个老头？姬昌正纳闷呢，只见一个人挑着一担柴朝这边走来。姬昌一看，这不是武吉吗？他怎么会还活着？赶紧命令手下把他抓来。

"大胆刁民，你竟敢欺骗我，居然不认罪服法？"姬昌愤怒地问："是谁教你这么做的？"

武吉知道躲不过去了，只好把河边遇到姜子牙的事一五一十地报告给姬昌。

姬昌听了大吃一惊，心想：还有这样的高人？如果能为我所用那该多好。就对武吉说："你要是骗我就死定了。前面带路，我要见见这是何方神圣。"

武吉一听有戏，赶紧带他们去找师父。

快到的时候，姬昌下了马，慢慢地走，生怕惊动了这位高人。武吉上前敲门，只见出来一个小孩。姬昌笑着问："你的老师在家吗？"小孩说："不在家，和朋友一道出去了。"姬昌又问："什么时候回来？"小孩摇摇头回答："不知道。可能一会就回来，可能要一两天回来，也可能要三五天才回来。"

散宜生在旁边就说："既然这样，我们改天再来拜访吧。"

姬昌说："也只有这样了。武吉，和我们一道回去。三天后再来。"

三天后，姬昌下令文武大臣都去迎接姜子牙。这时大将军南宫不服气了，就对姬昌说："侯爷，姜子牙只不过是个钓鱼的老头，恐怕是徒有虚名。现在如果用这样隆重的礼节去请来一个庸人，会让人笑掉大牙的。还是让我去把他接来比较保险。如果他果真是高人，您再去不迟；如果他是庸人，那就不用理会了。您何必要亲自去呢？"

散宜生一听就急了，严厉地说："南宫将军怎么这么说话呢？现在是多事之秋，正需要人帮助侯爷。对待人才就要有足够的诚意，否则谁还会为侯爷出力呢？"

姬昌听了非常高兴，说："散大夫说得很好。出发。"于是带着文武百官浩浩荡荡去迎请姜子牙。

姜子牙这时正坐在溪边垂钓。姬昌悄悄站在姜子牙的后面，问道："你快乐吗?"姜子牙一回头，看见是姬昌，就把鱼竿丢下，行礼拜见。姬昌连忙扶住，说："久仰先生大名，特来拜见。今日能够相见，实在是荣幸之至啊。"

姜子牙听了摆了摆手说："我已经是一块朽木了，承蒙侯爷错爱，实在是心中有愧啊。"

散宜生一听心想：这两个人这么客气下去会没完没了的。于是说："先生也不必过于谦虚了。我们家侯爷这次来是特地请您出山相助的。您也知道当今天子宠信妲己，听信谗言，迫害忠良，弄得诸侯叛乱，民不聊生。侯爷为国为民寝食不安啊。听说先生是世外高人，特来聘请先生共谋大事，救民于水火之中。望先生能顾念天下苍生，出手相助。"

姜子牙听了非常感动，说："我已经八十岁了，你们还这样看得起我，实在令人感动。如果我还赖在这儿，真是不识抬举了。我这就跟你们走。"

一行人又浩浩荡荡进了西岐城。老百姓听说后纷纷走上街头，夹道欢迎。来到朝门，姬昌升殿，封姜子牙为右灵生丞相，封武吉为武德将军。两人谢恩。之后姬昌又大宴群臣，文武百官争相祝贺。

姬昌在姜子牙的辅佐下，如鱼得水，如虎添翼，西岐被治理得更加有条不紊。

讨伐崇侯虎

姜子牙被姬昌任用为丞相后日理万机，时刻关注时局的变化。一天听到报告："纣王荒淫无道，宠信奸臣，又逼反了东海平灵王，闻太师前去征讨。"还听到报告："崇侯虎蛊惑皇上，大兴土木，制造鹿台。暗中勾结费仲、尤浑，把持朝政，陷害大臣，残害百姓。"姜子牙听后气得怒发冲冠，心想：这个奸贼不除，恐怕后患无穷。我要告诉西伯侯。

次日早朝，姜子牙对姬昌说："臣昨天听到报告，崇侯虎与费仲、尤浑内外勾结，拉帮结派，大权独揽，铲除异己，横行霸道，做尽了坏事。大臣们敢怒不敢言，民不聊生。臣认为崇侯虎这样的大恶人是狐假虎威，助纣为虐，是个大大的祸害。所以我们要发兵除掉这个奸臣，救百姓于水火之中。"

姬昌听了沉思了一会，说："你说得对。崇侯虎虽然与我的官职一样，但为了国家、为了人民，这样的大奸臣人人得而诛之。这样吧，我同丞相一同前往，讨伐崇侯虎。"

姜子牙听了大受鼓舞，说："西伯侯亲自征战，天下人必定会响应。"

不久，姬昌率领十万人马，南宫将军为先锋，辛甲为副将，四贤八俊随后，浩浩荡荡杀向崇城。

当时崇侯虎不在崇城，正在朝歌，守城的是崇侯虎的儿子崇应彪。崇应彪听说西伯侯率军杀来，大怒，于是命令大将黄元济、陈继贞、梅德、金成点齐人马出城迎战。黄元济在营前叫阵。

姜子牙命令南宫将军打头阵。南宫是西岐名将，黄元济怎么能打得过他？几个回合就被南宫砍于马下。

崇应彪听了大怒，命令陈继贞出战，金成、梅德助阵。姜子牙让辛甲应战。辛甲神勇无比，杀得崇兵大败，猖狂逃进了城，紧闭城门。

姜子牙命令攻城，但被姬昌制止了。姬昌说："崇家父子作恶多端，但是与众百姓没有关系。如果攻城，恐怕会伤及无辜。我是来救民的，而不是来杀人的。"

姜子牙知道姬昌仁义，所以不敢违抗。但围着也不是办法，怎么办呢？不能强攻，只有智取了。于是姜子牙写了一封信交给南宫，让他到曹州去见崇侯虎的弟弟崇黑虎。

南宫日夜兼程，来到曹州后马上去见崇黑虎。崇黑虎听说老朋友南宫来了，赶紧出来迎接。寒暄一番之后，崇黑虎问："将军前来有何见教啊？"南宫说："我是奉西伯侯和丞相姜子牙的命令，前来送信的。"说完把信递了过去。崇黑虎拆开一看，愣住了。

原来这是姜子牙在信中历数崇侯虎的罪状，奉劝崇黑虎与他哥哥划清界限，忠君爱国，大义灭亲，留下美名。

崇黑虎矛盾极了，这毕竟是亲哥哥呀。他痛苦地闭上了眼睛。心想：哥哥呀，你怎么这么糊涂呀。当年我帮你讨伐苏护就是为保国家安宁、百姓平安啊。现在你怎么能助纣为虐，残害忠良呢？为了天下，为了苍生，也为了我们崇家，我只能大义灭亲了。

想罢，崇黑虎说："南宫将军，我明白丞相的良苦用心了。将军先回去吧，我知道该怎么做。"说完设宴款待南宫后，送走了他。

第二天，崇黑虎吩咐副将高定、沈冈点三千飞虎兵前往崇城。崇应彪听说叔叔来了赶紧迎接。回到家中，崇黑虎说："贤侄啊，我虽然前来帮你，但仍然不是姜子牙的对手。你赶紧写信把你父亲叫来，我们一起商议怎么办。"崇应彪答应了，就写信派人送往朝歌。

崇侯虎一见书信就急了，拍着桌子大骂："姬昌你这个老贼，当年抗旨出逃，罪不可赦。现在居然讨伐我，当我好欺负吗？不杀你，我誓不为人。"说完进宫向纣王报告。

纣王一听就蹦了起来，大怒道："好你个姬昌，死罪难逃，又添新罪。爱卿先回去，朕马上派兵协助你捉拿姬昌。"

崇侯虎率领三千人马离了朝歌，一路急行军赶回崇城。

崇黑虎接到报告后，暗中命令高定："你带领二十名刀斧手埋伏在城门里，看到我的暗号后马上把大王爷拿下，押送到西岐大营。"说完就去迎接崇侯虎。

崇黑虎一见到崇侯虎，拔出宝剑，两旁立刻窜出二十名刀斧手，一拥而上将崇侯虎父子二人拿下绑住。崇侯虎大叫："好兄弟，怎么将哥哥拿下了？"崇黑虎说："哥哥呀，你好糊涂。怎么能做出这么多伤天害理的事情呢？我为了崇家不被灭门，只好把你交给西伯侯处置了。"崇侯虎长叹一声，再也说不出话来。

姜子牙听说崇侯虎父子被押到西岐大营，传令将他们斩首。崇侯虎这个心腹大患就这样被姜子牙除掉了。

武王登基

姜子牙命令杀掉崇侯虎父子，姬昌还没反应过来，他们的人头就落地了。刽子手捧着俩人的人头进帐复命。姬昌从来没见过人头，猛然一见，鲜血淋漓的，吓得魂不附体，连忙用袖子挡着脸说："吓死我了！"

从此姬昌神魂不定，身心不安，郁郁不乐。返回的路上茶饭不思，睡卧不宁。闭上眼睛总觉得崇侯虎父子俩站在面前，惊魂不定，吃药也没有效果，卧床不起，病情日益严重。

一天，姬昌传旨："宣丞相进宫。"

姜子牙快速进宫，来到病榻前跪下问："老臣姜尚奉旨进宫，侯爷觉得怎么样？有没有好些？"

姬昌说："丞相啊，我知道我的时间不多了。今天喊你来，主要是想安排一下后事。我们讨伐崇侯虎虽然胜了，但已经触怒皇上，他肯定会派兵前来征讨。而我现在这个样子，已经病入膏肓。以后西岐的事全都交给你了。"

正说着，殿下姬发也进宫问安。姬昌看到姬发来了，便对他说："我儿来得正好，我正想找你呢。儿啊，父亲不久将离开人世，你还年轻，凡事要多问问丞相，今后要把他当父亲一样看待。"然后拉着姜子牙的手，对姬发说："现在你就过来拜丞相为义父，要绝对听从他的命令，听丞相的话就是听我的话。"说完请姜子牙坐下，让姬发跪拜。

姜子牙听了泪流满面，说："臣受侯爷的大恩大德，就是粉身碎骨也无以为报。侯爷不要想得太多，安心养病，保重身体，不久就会痊愈的。”

姬昌说：“丞相不要安慰我了，也不要难过。纣王虽然无道，但做臣子的也要为天下的百姓着想。儿啊，我去后，你要担当起大任，保得一方平安，一家和睦，这样我就放心地走了。”说完安详地闭上了眼睛。享年九十七岁，后被封为周文王。

姬昌死后，大臣们开始商议谁做接班人，姜子牙建议立姬发。这样姬发就成了西岐之主，就是后来的周武王。

武王安葬好父亲后，称姜子牙为尚父，同心协力，共同治理西岐。汜水关总兵官韩荣听说西伯侯已死，姜尚立姬发为武王，大惊，急忙写奏本派差官送往朝歌汇报。上大夫姚中在文书房见到奏本后，赶紧向纣王报告。

纣王看完后笑了，说：“姬发乳臭未干，料他也不会有什么作为的。”

姚中说：“姬发的年龄是小，但姜尚足智多谋，南宫、散宜生都不可小觑。再说姬发自立为武王，说明他们的志向不小，不可不防啊。”

纣王摆了摆手说：“姚爱卿说得虽然有道理，但这些都不足为惧，成不了气候的。”

姚中知道纣王不会听自己的，下楼叹了口气说：“灭掉商朝的人必定是姬发啊。”

武成王反商

　　春节到了，纣王二十一年正月初一，文武百官都要向纣王朝贺，他们的夫人都要向苏皇后朝贺。各位大臣、夫人朝贺完后都回家了。

　　西宫娘娘黄妃是武成王黄飞虎的妹妹，由于一年才能见一次小姑子，所以黄飞虎的夫人贾氏在西宫呆的时间比较长。姑嫂俩有说不完的话，说着说着贾夫人忽然想起还没朝贺苏皇后妲己呢，赶紧到正宫去。

　　妲己听说黄飞虎的夫人来了，不由冷笑一声："来得正好，我正想报仇呢。"原来有一次喝酒，妲己醉了，露出了原形。正好遇到武成王，他放出金眼神鹰，抓破了妲己的脸。从此妲己怀恨在心，找机会报仇。现在武成王的夫人来了，她会放过这个机会吗？

　　见过礼之后，妲己问："夫人看起来很年轻啊。"贾氏回答："回皇后，我已经三十九岁了。"妲己显出很高兴的样子说："夫人比我大八岁，就是我的姐姐了。我与你结为姐妹怎么样？"贾氏连忙摇手，说："皇后是何等尊贵，而我是一名平常的女子，怎么能与您相配呢？"妲己一听贾氏不肯，就说："夫人太谦虚了。我进宫前，不过是苏侯的女儿。你是武成王夫人，况且又是皇上的亲戚，不是正好般配嘛。"不由分说传旨在摘星楼上摆下宴席款待贾氏。

　　刚喝了几杯酒，突然听太监说："皇上驾到。"贾氏慌了，因为大臣的夫人是不能单独会见皇上的。躲已经来不及了，只好向纣王请安。纣王一看，贾氏虽然年纪已大，但端庄贤淑，风韵犹存，有一种成熟的美。纣王都看呆了，不觉抓住贾氏的手说："夫人来了，就陪朕喝一杯吧。"贾氏羞得满脸通红，用力推开纣王的手，严厉地说："好你个昏君！我丈夫为你卖命保江山，而你却污辱他的妻子，简直禽兽不如。"纣王大怒，命令左右拿下。贾氏大声呵斥："谁敢动我？"一转身走近栏杆，大声说："黄将军，我为保全你的名节而去了，你要照看好三个可怜的孩子。"说完纵身跳下楼去，落地身亡。

黄妃听说嫂嫂跳楼身亡，飞奔摘星楼，见到纣王破口大骂："昏君啊昏君！我父亲黄滚为你镇守界牌关，我哥哥为你南征北战，立下赫赫战功，你居然不守礼节，调戏我嫂嫂，还算是人吗？"看到妲己坐在旁边，黄妃又指着妲己骂道："你这个贱人！蛊惑天子，陷害我嫂嫂，我跟你拼了。"说完一把抓住妲己，拖翻在地扬拳就打。纣王赶紧拉架，黄妃一拳正好误打在纣王脸上。纣王大怒，一把抓住黄妃扔下楼去，可怜黄妃香消玉殒。

贾氏的随从听说主子出事了，赶紧哭着回来报信。

当时武成王正和弟弟黄飞彪、黄飞豹，儿子黄天禄、黄天爵、黄天祥，还有黄明、周纪、龙环、吴谦四个大将庆祝春节。只见随从慌慌张张来报："老爷，出大事了！"然后把打听到事一五一十地说了。一听母亲死了，十四岁的黄天禄，十二岁的黄天爵和七岁的黄天祥都放声大哭。

黄飞虎听了紧握双拳，浑身发抖，半天没说话。黄明说："哥哥，咱们一家让纣王给害惨了！这样下去会家破人亡的。反了吧，哥哥。此仇不报，我们还有什么脸面见人？”
众人齐声响应。黄飞虎见大家都想造反，心想：难道为了一
个女人，就毁了自己忠良的名声？传出去好说不好听啊。于
是大声喝道："黄明，你在胡说什么？我家七代忠良，说反就
反了吗？你拿朝廷俸禄，竟然不思报国，反而动不动就造
反，想我们家被灭门啊？我的妻子死在摘星楼，与你有什么
关系？"

　　黄明被骂得一头雾水，说："哥哥骂得有道理。又不是我
们的事，管它呢。"于是招呼另外三名大将坐在一张桌子上
喝酒，一会就有说有笑，热闹起来。

　　黄飞虎话是这么说，但看见三个儿子痛哭流涕的样子，
心如刀绞。再看到那四个人高兴的样子，生气地问："你们什
么事这么高兴？"黄明说："哥哥有烦心的事，可小弟们没有。
今天这么好的日子，喝酒作乐，与你有什么关系？"黄飞虎
气不打一处来，恼怒地说："你们见我有事反而笑逐颜开，像
话吗？"

　　周纪站起来说："不瞒哥哥，我们正笑你呢。"

　　黄飞虎说："我有什么事让你们笑的？我是王爷，居高官
享厚禄，光明磊落，有什么可笑的？"

　　周纪说："哥哥，我们知道你位高权重是靠你的真本事换
来的。但不知道的还以为是你用嫂嫂姿色取悦皇上换来
的呢。"

　　周纪还没说完，黄飞虎就大叫一声："气死我了！来啊，
收拾行囊，反出朝歌。"

　　黄飞彪见哥哥反了，点了一千名家将，问："我们投奔到

哪里去?"

黄明说:"当然是找一个英明的君主了。当今天下只有西岐武王仁义,我们投奔他去吧。"

黄飞虎说:"就这样吧。"

于是赶往西岐。过了孟津,渡过黄河,绕过渑池,直奔临潼关而来。

走着走着,黄飞虎好像听到喊杀声,回头一看,见是闻太师的旗号,知道这是纣王派来的。向左一看是青龙关张桂芳的人马,再右一看佳梦关魔家四将又杀了过来,正面又见临潼关总兵官张凤兵带着军队也来了。四面受敌,黄飞虎想这下完了,不由长叹一声,直冲云霄。

巧了,这声长叹惊动了正在天上云游四方的青峰山紫阳洞的道德真君。他拨开云彩往下一看,原来是武成王有难。于是命令黄巾力士:"用我的混元伞罩住,把他们移到附近的仪净山中去。"黄巾力士用混元伞一罩,将黄家军全部移到深山里去了。

等几路大军汇合,一看黄家军踪迹全无,闻太师傻了。他只好命令各路大军回去镇守好自己的关口,自己也回去了。

道德真君在云里看到他们都走了,就命令黄巾力士用混元伞把黄家军又移了出来。

黄飞虎也不知道是怎么回事,追兵怎么不见了? 好像做梦一般。他们也管不了这么许多了,赶紧跑吧。不觉来到潼关。

潼关守将陈桐原来是黄飞虎的部下,因为触犯军规,被黄飞虎调到这儿守关。所以陈桐对黄飞虎怀恨在心，一见面就阴阳怪气地说："黄飞虎，你也有今天啊。"说完挥戟就打。陈桐知道自己不是黄飞虎的对手，于是虚晃一戟调头就走，黄飞虎驱牛就追。没想到陈桐跟高人学过火龙标，出手生烟，百发百中。他回头一扬手标就打了出来，黄飞虎躲闪不及，一头栽了下来。黄明、周纪一见不妙，催马迎战陈桐。黄飞彪迅速将哥哥抢回大营，可黄飞虎已经气绝身亡。周纪也被陈桐用火龙标打死。

一下死了两个人，黄营哭声一片。少了主心骨谁也不知道怎么办，进退两难。正当大家一筹莫展时，有人来报：有一名小道童求见。

原来道德真君救了黄飞虎他们后，以为没什么事了。回到洞中掐指一算，知道黄飞虎有难。于是把弟子黄天化喊来，对他说："你父亲有难，下山去救他吧。"黄天化问："师父，弟子父亲是谁？"真君说："你父亲是武成王黄飞虎。十三年前你只有两岁就被我悄悄带回来了。现在，你父亲在潼关被火龙标打死，赶紧下山去救他，然后回来。"接着交代一番，黄天化就下山了。

大家一听是来救人的，赶紧让到里面。黄天化按照师父的配方，将药给黄飞虎和周纪吃了。黄飞虎醒来看到一名小道童，就问："这是在哪里，怎么有这样一位仙童？"

黄天化一下跪在地上，哭着说："父亲，我不别人，正是你在后花园不见的黄天化。"黄飞虎抱起儿子痛哭。

然后黄天化用莫邪宝剑杀了陈桐，遵师命与父亲洒泪告别。

大战泗水关

　　黄飞虎继续赶路，来到界牌关。黄明说："这是老太爷镇守的，再也不用打打杀杀了。"

　　来到关前一看一对劲，怎么有十辆囚车放在那儿？再一看老太爷黄滚横刀立马，怒气冲冲地在那儿呢。黄明挠了挠头，不知道老爷子唱的是哪一出。

　　黄飞虎在牛身上欠了欠身，说："父亲，原谅不孝儿子盔甲在身，不能给您行大礼。"

　　黄滚一翻白眼，问："你是什么人？"

　　黄飞虎一下懵住了，不解地回答："我是父亲的长子黄飞虎啊。父亲为什么明知故问呢？"

　　黄滚大喝一声，说："我们黄家七代忠良，是大商的栋梁，全都是忠臣孝子，没有叛逆奸臣。你竟然为了一个女人，做出大逆不道、背叛祖宗的事。一路大开杀戒，殃及百姓。你让我怎么有脸去见九泉之下的列祖列宗？"

　　黄飞虎被父亲骂得晕头转向，一句话也说不上来。

　　黄滚又说："你还愿意做忠臣孝子吗？"

　　黄飞虎莫名其妙地问："父亲这么问是什么意思？"

　　黄滚说："你要是愿意做忠臣孝子，就赶快下来，我把你押解到朝歌，你死了还是大商的臣子，还是我的孝子，这样忠孝还能两全。如果你不愿意做忠臣孝子，就继续造反，顺便把我杀了。何去何从，你决定吧。"

　　黄飞虎听父亲这么说，在神牛上大叫："我愿意，您把我押往朝歌吧！"说完就要下神牛。

黄明一看急了，在马上大叫："哥哥不能这样！造成今天这种情况，不是我们不忠，而是纣王无道。既然皇上不仁，为什么不允许我们不义？况且我们一路走来，九死一生，现在听老将军的一句话就前功尽弃了？这不太冤了吗？"

黄飞虎听了觉得有道理，在牛身上低头不语。

黄滚眼看事情让黄明给搅了，大骂道："好你个黄明！本来我儿子不会造反，肯定是你们这些人无法无天，唆使他做出这样的事。在我面前，还说这些话，真是气死老夫了！"说完纵马抡刀就朝黄明砍去。

黄明急忙用斧子架开，说："老将军你听我讲，黄飞虎是你的儿子，黄天禄是你的孙子，我们不是你的子孙，怎么用囚车来捉拿我们？老将军你这么做太过分了。虎毒还不食子呢。如今朝廷腐败，天下大乱。如今老将军的媳妇被昏君欺辱，亲生女儿被昏君摔死，不想着为一家骨肉报仇，反而要押解儿子回朝歌送死，你就不怕天下人耻笑吗？"

黄滚大怒："你这是胡搅蛮缠，强词夺理！气死我了。"说完又挥刀向黄明劈来。

周纪一看，理是说不通了，就说："老将军，今日得罪了。大家一起上。"龙环、吴谦也来了，四人把黄滚围在中间。

黄飞虎在旁边看见四人把父亲围住，一脸怒色，心想："这几个家伙太可恶了，我在这里居然也敢欺侮老太爷。"

黄明见黄飞虎这模样，大笑说："哥哥，我们把老爷围住了，你们还不快走？

黄飞虎如梦初醒，带着众人一齐冲出关去。

黄滚见儿子冲出关去，肺都气炸了，跌下马来，拔出宝剑就要自刎。

黄明下马一把抱住他，说："老爷何必这样？"

黄滚怒目圆睁，大骂道："你们这帮强盗！人都放走了，还在这里废话？"

黄明说："老爷您有所不知，末将一言难尽，真是有冤无处申啊。我们受够您儿子的气，忍无可忍了。他要反商，我们苦苦规劝，他动不动就要杀我们。我们没办法，只好商议等到界牌关见到黄将军，再设法抓住他，洗清我们的不白之冤。不如这样，您快上马出关追赶黄飞虎，就说愿意和他们一起到西岐投奔武王。怎么样？"

黄滚说："你这个家伙想把我也骗过去。"

黄明说："当然不是真去，这是骗他进关。老将军在府内设下酒宴，我们暗中准备好绳子，老将军以敲桌子为号，我们一拥而上把他们抓住，打入囚车，押往朝歌。这样做也是救了我们，我们会感激不尽的。"

黄滚听了非常高兴，说："原来是这样。黄将军你是个好人啊。你们等着，我这就去追。"说完上马追了过去。老远就大喊："儿子啊！刚才黄明劝我很有道理。我想了想，不如同你们一道去西岐吧。"

黄飞虎一时摸不着头脑，心想：父亲怎么变得这么快？

黄飞豹对黄飞虎说："哥哥，这一定是黄明设的圈套。我们回去听他的准没错。"

黄滚追到跟前说："你们一路辛苦了，我回去准备酒宴给你们吃，然后一同前往西岐。"说完带着他们回来了。

酒宴很快摆了上来，黄滚亲自陪儿子喝酒。喝了四五杯，见黄明站在旁边，黄滚把桌子一拍，黄明一见便出去了。他一招手叫来龙环、吴谦，对他们说："你们两个人把老将军的财产打点一下，然后一把火烧掉粮草堆。"二人领命去了。

转了一圈，黄明又回来了。黄滚刚想发问，忽然有人来报："粮草堆起火了。"众人一听马上上马出关。黄滚一看，知道中计了，叫苦不堪。

黄明说："老将军，我们走了，跟我们一道去吧。如果回到朝歌，粮草烧了，是你的失职，难逃一死。一同投奔武王，才是上策。"

黄滚长叹一声，说："不是我不忠，而是被迫无奈了。想我七世忠良，今天沦为叛徒，天意啊。"说完向朝歌拜了八拜，将五十六个帅印挂在银安殿上。然后点齐人马，恋恋不舍地离开了界牌关。

路上黄滚说："接下来就到汜水关了。守关的是韩荣手下一员大将叫余化。这个人会旁门左道，人称七首将军。我们是打不过他的，肯定会被活捉的。"

黄滚一路上唉声叹气，不觉已到汜水关，安营扎寨。

韩荣听说后就派余化前去叫阵，黄飞虎亲自迎战。话不投机，两人就打了起来。武成王功夫了得，手中兵器像一条蟒蛇裹住余化，只打得他手忙脚乱，险象环生。余化虚晃一戟就跑，黄飞虎在后面紧追不舍。余化揭起战袍从囊中取出"戮魂幡"朝空中一举，只见几道黑气把黄飞虎罩住。黄飞虎马上就晕了过去，掉下牛来，束手被擒。

黄滚在营中听说黄飞虎被擒，叹了口气说："你怎么不听为父的话啊？现在怎么办呢？"

第二天余化又来叫阵，黄明、周纪出战，结果又被余化用相同的方法抓了去。后来黄飞彪、黄飞豹兄弟二人，龙环、吴谦两位将军，还有黄天禄都被抓了过去。

黄滚一看，把案子一拍，说："罢了！我拼了这张老脸找韩荣说情去。"这不是自投罗网嘛。结果也被关了起来。

黄飞虎一看，心想：咱们一家在这里聚会呢。

韩荣大摆酒席庆功，大吹大擂，好不热闹。第二天余化带领人马把黄家十一人押上囚车，解送朝歌。

大家都垂头丧气，等着死期的来临。正悲伤着呢，突然看到前面余化和一个脚踩风火轮的人打了起来。

原来是哪吒奉了师父太乙真人的命令前来营救黄飞虎。

余化哪里是哪吒的对手？掏出戮魂幡想故伎重演。哪吒一见就笑了："这不是戮魂幡吗？有多少全拿出来。"余化举了起来，哪吒见数道黑气奔来，用手一招就接住了，然后往口袋里一塞。余化见宝物不灵了，只好回头硬着头皮来战。哪吒掏出一块金砖向余化砸去，正好砸在脑门上。余化落荒而逃。

哪吒砸开囚车，放开众人，说明来意后就告辞回去了。

黄家将继续赶路，以后再也没有遇到险境。到西岐后得到了武王的重用，成为周朝的开国元勋。

兵探西岐

闻太师回到朝歌后时刻关注黄飞虎的行踪。不久接到报告说黄飞虎一路过关斩将，已经投奔西岐武王。于是召开军事会议，商议该怎么办。

太师说："各位将军，现在黄飞虎已经归顺西岐，如果不起兵讨伐，一定会后患无穷。各位有什么高见？"

总兵鲁雄起身回答："太师，黄飞虎虽然已反，但太师可以调兵遣将严防死守。姬发即使起兵来犯，中部有五关阻挡，左右有青龙、佳梦二关，黄飞虎就是有天大的本事，也无能为力。太师何必多虑？何况现在连年征战，国库空虚，粮草不足。又何必再生战事？"

太师说："将军说得对。我担心的是西岐不守本分，如果突然袭击，而我们又没有准备的话，就会措手不及。何况西岐的南宫勇冠三军，散宜生足智多谋，再加上姜尚这个神通广大的道士，不可不防啊。一着不慎，全盘皆输。到那个时候就悔之晚矣！"

鲁雄说："太师是要防患于未然啊。这好办，可以派一二员大将出五关打探西岐的消息。如果没事就算了，如果西岐敢动手则就地解决。"

太师听了点点头说："将军言之有理。那么谁为我到西岐走一趟呢？"

马上有一个人回应："末将愿意前往。"。

闻太师一看原来是佑圣上将军晁田，非常高兴。点齐三万人马，马上从朝歌出发，开赴西岐。

晁田带着他的弟弟晁雷渡黄河，出五关，日夜兼程，终于到达西岐。晁田传令在西门安营扎寨，然后擂鼓呐喊。

姜子牙正在相府闲坐，忽然听到震天的喊声，就问："哪里来的喊声？"不一会儿有探马来报："丞相，朝歌人马在西门驻扎，不知道是什么事？"姜子牙也想不明白纣王为什么派军队来，于是把众将领招集起来商议。

晁田也在与弟弟商议："我们奉太师的命令来试探西岐的虚实，原来也没准备，今日去和他们打一仗怎么样？"晁雷说："好吧。"于是他上马提刀，到城下请战。

姜子牙和众将领正在商议，探马来报："城下有人请战。"姜子牙问："谁去应战？"话还没说完，大将南宫站了起来，说："末将愿意去。"姜子牙同意了。

南宫领一队人马出城，摆开阵势，一看认识，是晁雷。就问："晁将军，你无缘无故为什么要兵发西土？"

晁雷说："我是执行皇上的旨意、闻太师的军令讨伐姬发。他竟然没有得到皇上的任命而自立为武王，并且擅自收留叛徒黄飞虎。你快快进城禀告主子，早早把反臣交出押往朝歌，这样可以免除灾祸。等一会迟了，后悔就来不及了。"

南宫听了笑着说："晁雷，纣王罪恶深重，大臣遭殃，你不是不知道。再看看我们武王，大仁大义，百姓爱戴。你竟然敢带着人马来入侵，真是自讨苦吃。”

晁雷大怒，骑着马挥着刀就过来了。南宫举刀相迎，战在一起。打了有三十个回合，晁雷已经吃不消了，他哪里是南宫的对手？一不小心被南宫打下马来，生擒活捉，绑了起来，押回城里。

姜子牙传令把晁雷押上来。晁雷进来后立而不跪。姜子牙问：“晁雷，你既然被我捉来，为什么不下跪求生呢？”

晁雷瞪着眼睛，大声说：“你不过是个卖馒头的人，而我是朝廷的将军，只是不幸被抓，要杀要剐随便，怎么可能向你下跪求生？”

姜子牙说：“既然这样，那就推出去斩首。”

众人将晁雷推了出去了。两边的人听晁雷揭姜子牙的短，都暗笑姜子牙出身卑微。

姜子牙是什么人，一看就知道大家在笑话他，于是说：“晁雷说我卖过馒头没错，不是污辱我。想当初伊尹虽是个村夫，但因辅佐商汤而成为国家的栋梁。只不过是时间的早晚罢了。”

黄飞虎站了出来说：“丞相，晁雷只是一时糊涂，希望丞相给他一次机会。末将保证说服他来投降，将来讨伐纣王可以助一臂之力。”

姜子牙同意了。黄飞虎出来看见晁雷正准备挨刀呢，于是说：“晁将军，你真是不识天时，不知地利，不明人和啊。纣王罪恶滔天，这是尽人皆知的。结果闹得天下大乱，战事不断。而我们武王文可安邦、武可定国，是值得信任的明君。你看我，在朝廷是镇国武成王，而在西岐只改了一个字

——开国武成王。你如果投降了武王，他也不会亏待你的。如果执迷不悟，只有死路一条。你说你冤不冤啊？"

晁雷被黄飞虎一席话说得恍然大悟，但还是担心地说："黄将军，刚才我得罪了姜子牙，他不会放过我的。"

黄飞虎说："你放心，丞相这点肚量还是有的。如果你肯归降，我保证你没事的。"

晁雷这下放心了，说："既然王爷这么说，我也没什么顾虑了，一切听您的。"说完跟着黄飞虎进来了。见了姜子牙晁雷跪倒在地，说："我一时鲁莽，冒犯了您，请您恕罪。"

姜子牙哈哈一笑，说："将军多虑了。今后是一家人了，还谈什么罪过？将军既然已经归顺大周，就把城外的人马带进来吧。"

晁雷说："我的哥哥晁田还在大营里，我出城把他喊来一同见丞相。"

姜子牙高兴地同意了。

晁田在大营里正担心弟弟呢，忽然看到他回来了，惊讶地问："你不是被抓住了吗，怎么又回来了？"

晁雷说："我被南宫抓去见姜子牙，我当面羞辱了他一番，结果他要杀我。武成王苦苦规劝我投降，我觉得他说得很有道理就答应了。现在请你一块去。"

晁田听了破口大骂："你真该死！怎么能信黄飞虎的花言巧语呢？我们投降，你有没有想想我们的父母妻子？他们还在朝歌，你忍心看着他们受连累吗？"

晁雷愣了，说："那该怎么办呢？"

晁田说："你回去就说我好歹也是一个大将军，不能随随便便就来了，你们得派人来请我，这样才有面子。"

晁雷回来这么一说，黄飞虎就跟着他去了。刚到大营，埋伏在两边的刀斧手一拥而上就把黄飞虎捆了起来。

黄飞虎气得大骂："你这个忘恩负义的家伙，恩将仇报。"

晁田得意洋洋地说："这真是踏破铁鞋无觅处，得来全不费工夫啊。你来得正好。正要抓你呢，自己送上门来了。"说完传令起兵，速回朝歌。

刚走了三十五里，在龙山口只见前面旌旗招展，一队人马挡住去路。原来大将辛甲、辛免奉姜子牙之命在这儿已经等待多时了。晁田只好纵马舞刀来战辛甲。辛免见哥哥拖住了晁田，就去救黄飞虎。晁雷硬着头皮作战，打不过辛免，落荒而逃。黄飞虎被救出后大怒，操起家伙三两下就把晁田打下马来。

晁雷没命地逃啊。猛一抬头，真是冤家路窄，南宫在前面正等着他呢。几个回合，晁雷又被活捉，押了回来。

姜子牙一看，得意地说："谅你们也逃不出老夫的手掌心。来啊，把这两个不知好歹、狼心狗肺的家伙推出去斩了。"

晁雷急忙说："且慢。丞相，我们也是迫不得已啊。我们的父母妻儿都在朝歌，如果反了，他们会遭殃的。所以一时糊涂，才做了傻事。望丞相体谅。"

姜子牙一听，觉得这两个家伙还挺孝顺的，于是说："这么说还情有可原。放你们回去把父母妻儿都接来吧。"

晁雷、晁田千恩万谢地走了。回到朝歌谎称回来运粮草的，骗过了闻太师，带着一家老小连夜赶往西岐去了。

张桂芳西征

　　闻太师知道晁雷、晁田逃到西岐后，气得七窍生烟，命令青龙关守将张桂芳率领十万人马西征西岐。

　　张桂芳到西岐后离城南门五里安营扎寨，放炮呐喊。

　　姜子牙聚集各位将领共议退兵之策。他问黄飞虎："黄将军，张桂芳怎么用兵打仗？"

　　黄飞虎说："回丞相，张桂芳学的是旁门左道，用幻术伤人。"

　　姜子牙觉得很奇怪，就问："什么幻术？"

　　黄飞虎回答："这种幻术非同寻常。打仗时两人都要先互相通报姓名，如我叫黄飞虎。打着打着，他就叫：'黄飞虎下牛。'我就会从牛上下来。所以这种幻术很难对付。打仗时千万不要让张桂芳知道姓名。否则会乖乖地听话，从而束手就擒。"

　　姜子牙听了，担忧起来。有一位将领听了很不服气地说："岂有此理，哪有叫我下马就下马的？如果这样，难道我们一百多个人，只要叫一百多声就都完蛋了？"大家都笑了起来。

　　正笑着，有人来报：敌军挑战。姜子牙问："谁打头阵？"刚问完，姬昌的第十二个儿子姬叔乾请求应战，他就是不服张桂芳有什么幻术。

　　姬叔乾来到阵前，看到一个长相非常凶恶的家伙，就问："你就是张桂芳？"

那个凶神恶煞说："不是。我是张总兵的先行官，叫风林，奉旨征讨叛逆。你的主子竟敢擅自立为武王，又收了反臣黄飞虎，简直无法无天。大兵压境，不引颈受戮，还敢反抗？通报姓名，快快投降。"

姬叔乾大怒，说："天下诸侯人人高兴地投奔大周，这是天命。你竟敢侵犯我们的领土，想找死吗？今天饶你不死，去叫张桂芳出来！"

风林气得挥起两根狼牙棒就打，姬叔乾摇招架相迎，二人打了起来。三十个回合不分胜败。姬叔乾招法精妙，抓住风林的一个破绽，一枪刺在了他的左脚上。风林大叫一声，打马就跑。姬叔乾紧追不舍，他不知道风林也是旁门左道之士，虽然受了伤，但不影响他的法术。风林回头见姬叔乾追来，嘴里念念有词，一口吐出一道黑烟来，只见从烟中钻出一颗碗口大的红珠子，朝姬叔乾迎面打来。可怜姬殿下被这颗珠子打下马来。风林勒回马，一棒把他打死。

姜子牙听说姬叔乾阵亡，闷闷不乐。武王知道弟弟死了，伤心欲绝。各位将领恨得咬牙切齿。

第二天张桂芳亲自叫阵，指名要挑战姜子牙。姜子牙说："不入虎穴，焉得虎子？"随即传令出城迎战。

张桂芳见姜子牙的人马出了城，用手一指说："姜尚，你作为大商的子民，为什么帮助姬发图谋不轨？又收留叛臣黄飞虎，施诡计使晁田、晁雷投降。真是罪大恶极，死有余辜。现在我奉旨讨伐，快快下马投降，伏法认罪。倘若敢顽抗，踏平你们西岐，到那个时候后悔就晚了。"

姜子牙听了哈哈大笑："张将军此言差矣！你难道没听说

过'贤臣择主而仕，良禽择木而栖'这句话吗？天下都反了，何止是西岐。张将军是一位忠臣，但也不能助纣为虐啊。现在你竟然带十万人马入侵我们，是不是欺人太甚了？我劝你还是回去吧，不然惨败就后悔莫及了。"

张桂芳听了也是一笑，说："听说你在昆仑山学道多年。我看是白学了，对外面的变化一点也不知道啊。你的话同小孩子的玩笑没有什么区别，不知道深浅轻重，太不明智了。"说完回头命令风林："先行官，把姜尚给我拿下。"

风林一马当先冲了过来。只见从姜子牙身边冲出一员大将，催马舞刀迎战风林。原来是大将南宫。他们也不答话，刀棒并举地打了起来。

张桂芳在马上观战，忽然看见武成王黄飞虎，他怒火中烧，打马就杀了过来。黄飞虎驱动五色神牛和张桂芳战在一处。张桂芳一心想抓住黄飞虎，就迫不及待地用起了邪术。只听他大喊一声："黄飞虎赶快下来。"黄飞虎不由自主地从牛身上掉下来了。张桂芳的士兵刚想上来抓黄飞虎，只见周纪飞马冲来，抡起斧子就砍张桂芳。黄飞彪、黄飞豹二人也飞奔而来，把黄飞虎救了出去。

张桂芳知道周纪，于是大叫一声："周纪快快下马。"周纪一下就从马上栽了下来。众将正要去救，已经来不及了，被张桂芳的士兵生擒活捉。

南宫大战风林，风林又是虚晃一招掉头就走，南宫在后面追。风林把嘴一张，喷出黑烟，烟中射出碗口大小的一颗珠子，把南宫打下马来，被敌人捉去。

张桂芳大获全胜，收兵回营。姜子牙也收兵进城，损失了二将，郁郁寡欢。

第二天张桂芳又来叫阵。姜子牙找不到战胜他的办法，不敢应战，只好挂上免战牌。这也不是办法呀，他急得在屋里转来转去，一筹莫展。

姜子牙正犯愁呢，忽然有人来报："有一位小道童求见。"来人一见姜子牙就下拜，说："参见师叔。"姜子牙很惊讶，问："你是谁呀？从哪里来？"小道童回答："弟子是乾元山金光洞太乙真人的徒弟，姓李名哪吒。奉师命下山，听从师叔调遣。"姜子牙这个高兴呀，师兄的徒弟一定有过人之处，于是向武王作了引见。

哪吒看到姜子牙愁眉苦脸的样子，就问黄飞虎："武成王，我师叔同什么人在打仗，怎么高挂免战牌啊？"

黄飞虎回答："是青龙关总兵张桂芳。他的邪术惊人，已经连抓了我们两员大将了，所以姜丞相在外面挂起了免战牌。"

哪吒说："我既然是下山来帮助师叔的，怎么能袖手旁观呢？"于是去见姜子牙，说："师叔，弟子奉师命下山，这就去会会张桂芳。"

姜子牙答应了，传令摘下免战牌。嘱咐哪吒要小心。

消息立刻传到了张桂芳那儿。他挺纳闷，对风林说："姜子牙好几天都不敢出战，现在摘去了免战牌，莫非从哪里搬来了救兵？你再去挑战。"

风林领兵出营叫阵，一看是个脚蹬风火轮的小孩，就问："你是什么人？"

哪吒回答："我是姜丞相的师侄李哪吒。你就是张桂芳吗?"

风林说:"不是,我是先行官风林。"

哪吒说:"我饶你不死,回去叫张桂芳出来。"

风林大怒,打马扬棒就冲了过来。哪吒驱动风火轮应战,两人打了起来。大战二十回合,风林想:"哪吒不好对付,如果不下手恐怕要遭殃。"于是故伎重演,掉头就跑,哪吒在后面追赶。风林一回头,把嘴一张,喷出一道黑烟,烟里射出一颗珠子,向哪吒迎面打来。哪吒一看笑着说:"果然是旁门左道。"用手一指,烟灭了。风林见哪吒破了他的法术,大叫:"气死我了!居然破了我的法术。"勒马回头再战。哪吒伸手从豹皮囊里取出乾坤圈,向风林砸去,正打中风林的左肩膀。当时风林的筋骨就断了,差点从马上掉了下来,没命地逃回大营。

哪吒在营门外耀武扬威,指名要张桂芳应战。

张桂芳听说风林受伤,哪吒在叫阵,大怒,上马就出来了。一见哪吒,就问:"站在风火轮上的是哪吒吗?"

哪吒回答:"对。你就是张桂芳吧。听说你喊谁的名字谁就能落马?你喊我试试。"

张桂芳哈哈大笑,说:"娃娃,那就让你瞧瞧我的厉害。哪吒,快快从轮子上下来。"

哪吒有些担心,把脚紧紧蹬住风火轮,生怕从轮子上掉下来,结果纹丝没动。

张桂芳更加吃惊,从来没失败过呀,今天是怎么回事?又叫了一声,哪吒还是没动。又连叫三声,哪吒就是不动。叫得哪吒不耐烦了,大骂:"你这个家伙真不讲理,我不下来你非要让我下来干什么？不跟你玩了。"于是把乾坤圈砸向张桂芳。张桂芳觉得一阵钻心似的疼，左胳膊断了，在马上晃了三晃，差点从马上掉下来，落荒而逃。

张桂芳出征西岐以失败而告终，只好固守大营，等候援兵。

遭遇申公豹

哪吒打败张桂芳，得胜回城，姜子牙很高兴，但也有些担心。因为张桂芳打了败仗，肯定会请求增援，那时西岐就会很危险。

于是来见武王，说："武王，现在西岐处境很危险，臣想去一趟昆仑山求援。"

武王说："相父，张桂芳兵临城下，现在正缺人，您可要速去速回啊。"

姜子牙说："武王放心，张桂芳受了伤，不会轻举妄动的。我这一去最多三天，少则两天，会尽快赶回来的。"

武王同意后，姜子牙回到相府，对哪吒说："你与武吉好好守城，千万不要和张桂芳开战，等我回来后再作打算。"哪吒点头遵命。

姜子牙吩咐完毕，立即驾土遁前往昆仑山。

不久就到了麒麟崖，来到玉虚宫，不敢擅自闯入，在宫前等候。好长一会才看到白鹤童子出来。姜子牙说："白鹤童子，赶快向师父通报我来了。"

白鹤童子见是姜子牙，连忙进宫到八卦台前，跪着说："师祖，姜尚在外听候召见。"

元始天尊点了点头说："让他进来吧。"

童子出来对姜子牙说："师叔，师祖有请。"

姜子牙来到台下，跪下身子说："弟子姜尚祝愿师父圣寿无疆。"

元始天尊说："你今天来得正好。我叫南极仙翁取封神榜给你，你在岐山造一座封神台，台上挂起封神榜，这样你的使命就算完成了。"

姜子牙继续说："现在张桂芳凭左道旁门之邪术攻打西岐，弟子无能，对付不了他。希望师父大发慈悲，帮帮弟子。"

元始天尊说："你是西岐的丞相，天子都要称你为相父，位高权重，凡间的事贫道怎么管得了？西岐是有德之人在统治，你不用怕旁门左道，危难时刻一定会有高人相助，这件事就不必问我了，你回去吧。"

姜子牙不敢再问，刚出来，白鹤童子又把他叫住："师叔，师祖再请你去。"姜子牙听了急忙回到八卦台。

元始天尊说："你回去的时候，如果有人叫你，千万不要答应他。如果答应了，会有三十六路大军来攻打你。东海还有一个人在等你，你要小心，回去吧。"

姜子牙只得又出来，南极仙翁把封神榜交给他。姜子牙问："师兄啊，我上山参拜师父，恳求得到指点来退张桂芳，而师父不肯帮忙，该怎么办呢？"

南极仙翁说："这是天意，不可改变的。但一定要记住师父的话，任何人叫你都不能答应他，这个非常重要。我就不远送了。"

姜子牙捧着封神榜往前走，到麒麟崖正要驾土遁，忽然听到后面有人叫："姜子牙。"子牙心想："还当真有人叫我，不能答应他。"后面的人又叫："子牙公。"姜子牙还是不理他，叫姜丞相也不答应。那人连叫了四五声，见姜子牙理都不理，大叫："姜尚，你也太薄情寡义了。当了丞相就忘了兄弟，有你这样的人吗？在玉虚宫我与你一道学了四十年，今天喊你这么多次，你为什么不答应？"

姜子牙听了回头一看，原来师弟申公豹，就说："原来是师弟在叫我。不是我不答应你，是师父叫我不要答应任何人的。得罪了，望师弟谅解。"

申公豹问："师兄手里拿着是什么东西？到哪里去？"

姜子牙说："是封神榜。到西岐去造封神台，把它挂在上面。"

申公豹问："师兄现在在哪发财？"

姜子牙笑着说："师弟真会开玩笑。我在西岐当丞相，西伯侯把武王托付给我，如今我要保武王灭纣王。武王英明，纣王无道，周取代商是顺理成章的事。师弟你有什么打算啊？"

申公豹把眼皮一翻说："你说大商灭亡就灭亡了？今天我非得下山保纣王。你说要保大周，那咱们比比，看看谁厉害。"

姜了牙生气地说："师弟这是说的什么话？师父的命令你也敢违抗？"

申公豹说："师兄，要不这样，不如你和我一道保纣王灭武王，这样就不会伤了你我兄弟的和气，怎么样？"

姜子牙严肃地说："师弟，你太不像话了。我怎么听着觉得你要违背师父的命令啊？更何况周灭商是天意，人怎么能违背？岂有此理，你走吧。"

申公豹听了大怒，说："姜子牙，你有多大本领？就凭你四十年的修行也想保周？雕虫小技而已，你比我可就差远了。我能将头取下来，抛到空中再接回去，你能吗？还敢保周灭纣？依我说烧了封神榜，我们一道去朝歌，还能得个一官半职的。"

姜子牙听申公豹这么一说，心想：头割下来人还能活？再接上去，有这样的法术吗？真是稀罕。于是说："师弟如果能把头割下来，抛到空中再接起来还能活，我就把封神榜烧了，和你一起去朝歌。"

申公豹诡秘一笑，说："这是你说的，不能反悔。"

姜子牙说："大丈夫一言既出，驷马难追，哪里有反悔的道理？"

只见申公豹取下头巾，左手提起自己的头发，右手拿宝剑向自己的脖子砍去，把头割了下来，身体还站着，左手往空中一抛，头就飞了出去。

姜子牙一下就愣住了，呆呆地昂着头看。突然飞过来一只白鹤，张嘴就把头叼住飞走了。姜子牙跺着脚大叫："怎么把头叼走了？快放下。"

正在大喊大叫时，有人拍了一下他的肩膀。姜子牙回头一看，原来是南极仙翁。于是问："师兄怎么会在这儿？"

南极仙翁说："师弟啊，你也太忠厚了。我在玉虚宫门口看到申公豹跟在你后面追，知道他不怀好意，就跟过来了。申公豹平时偷着钻研些旁门左道，刚才只不过是小把戏而已，你也当真了？还好，我叫白鹤童子化作白鹤，把申公豹的头衔走，飞往南海去了。只用一个时辰他的头不到颈上，就会冒血而死。师父吩咐你不要答应别人，你为什么要理他？你这一答应他不要紧，可马上就会有三十六路兵马来攻打你啊。"

姜子牙一听就呆住了，问："那可怎么办呢？"

南极仙翁说："幸亏你没有烧掉封神榜，还有回旋的余地。再说申公豹要是死了，你就没事了。"

姜子牙毕竟心软，向南极仙翁哀求道："师兄饶了他罢。出家人慈悲为怀，可怜可怜他这么多年的道行吧，死了实在可惜。"

南极仙翁摇了摇头说："你要是饶了他，他是不会饶你的。到时候三十六路兵来攻打你，就后悔莫及。"

姜子牙说："就是有三十六路兵来攻打我也是后话，可怎么能不顾眼前的兄弟仁义呢？"他不住地哀求南极仙翁。

申公豹的头不在了，但心里是明白的。他这个焦急啊，过了一个时辰就要死了，真是束手无策。

南极仙翁听姜子牙这么说，只好把手一招，叫回了白鹤童子，放下了申公豹的头。没想到放急了，没注意方向，脸朝着背给安上了。申公豹急忙用手揪着耳朵一转，移正了。把眼睁开，看见了南极仙翁。

仙翁大喝一声："你这个该死的家伙，居然用邪术迷惑姜子牙，还让他烧毁封神榜，保纣灭周？走，到玉虚宫去见师父。"

申公豹满脸羞愧，心里恨恨地想：姜子牙，我一定让你西岐血流成河，白骨成山。

姜子牙捧着封神榜驾土遁来到东海，去找师父说的那个人。正走着，海面忽然波涛汹涌，巨浪分开，出现一个游魂，见到姜子牙就喊："道长快来救我！"

姜子牙大吃一惊，壮着胆子问："你是谁？怎么在这里兴风作浪？"

那个游魂说："我是轩辕皇帝的总兵叫柏鉴。当年大战蚩尤，被火器打入海中，被关在这儿已有一千年了。前天道德真君说道长要从这儿经过，能使我超生。望道长救我脱离苦海，今后一定听从调遣。"

姜子牙一听非常高兴，把手一伸，立刻响了五声震雷，打开机关，柏鉴迅速回魂，现身拜谢。

姜子牙命令柏鉴和以前在朝歌收的五路神在岐山建造封神台，然后回到西岐，向武王复旨。

大战四圣

回到西岐后，姜子牙决定趁张桂芳受伤这个大好时机，夜里进行突袭。安排妥当，三更天时，只听一声炮响，喊声四起，震天动地。

张桂芳被哪吒打伤了胳膊，正在营中疗伤，知道姜子牙突然袭击后，慌忙披挂上马。出来一看，到处是姜子牙的士兵。灯球火把照亮了天空，喊杀声山摇地动。正在发呆时，只见哪吒蹬着风火轮像猛虎一样冲了过来。张桂芳吓得面如土色，掉头就跑。

黄飞虎在左营和风林狭路相逢，打了起来。

辛甲、辛免往右营冲杀，无人敢挡，一直杀到后寨，见周纪、南宫关在囚车中，连忙将他们救了出来。他们也加入到冲杀的行列中去，杀得商兵鬼哭狼嚎，尸横遍野，血流成河。

张桂芳和风林一看大事不妙，丢下大军，仓皇逃跑。等到了西岐山，残兵败将，所剩无几。赶紧派人向闻太师报告，请求增援。

闻太师接到张桂芳的报告后大吃一惊，说："张桂芳出征讨伐西岐，竟然大败，损兵折将。看来老夫必须亲自出马了。可偏偏东方和南方还没有平定，这可怎么办呢？"

这时只见他的徒弟吉立说："如今国内没有高人，师父怎么能亲自去呢？不如邀请您道家的朋友去西岐协助张桂芳，这样就万事大吉了。"

封神榜奇故事

闻太师听了吉立的话，忽然想起海岛的道友，高兴地一拍手掌，笑着说："这几天实在是忙晕了，怎么没有想到我那些道友呢？我这就去拜访他们。"说完骑了黑麒麟，手握两根金鞭，直奔西海九龙岛。原来岛上住着闻太师的四位师弟：王魔、杨森、高友乾和李兴霸，号称西海四圣。

到了九龙岛，看到一位小道童，闻太师就问："你师父在洞里吗？"小道童回答："家师正在里面下棋。"闻太师又说："你进去通报一下，就说朝歌的闻太师前来拜访。"

不一会，只见出来四位道人，其中一个说："师兄，是哪阵风把吹你到这？"

闻太师满面笑容，拉着四位道人一起到洞里坐下。一位道人问："师兄是从哪里来？有什么指教啊？"

闻太师回答："我这次来，一是特地拜访各位师弟，二是想请各位出山助我一臂之力。"然后把张桂芳被姜子牙打败，自己又无法分身的事说了一遍。

王魔一听就说："师兄的事就是我们的事。你放心，只要我们出马，什么事都给你摆平了。"

杨森也说："师兄可先行一步，我们这就去救张桂芳。"

闻太师感激地说："那就有劳各位师弟了，我等你们胜利的消息。"说完就回朝歌了。

四圣命令徒弟将坐骑送往岐山，然后驾水遁前往西岐山，一会就来到张桂芳的营门前。

张桂芳听说援兵到了，大喜过望，亲自出营迎接。

王魔见张桂芳和风林吊着膀子，察看一番，知道是被乾坤圈打的，就从葫芦中取出一粒仙丹，嚼碎了涂在他们的胳胳膊上，胳膊马上就好了。然后王魔问："姜子牙在哪里？"

张桂芳回答："在离此处七十里的西岐城里。"

王魔说："那就起兵杀回西岐。"

张桂芳传令，一声炮响，三军呐喊，杀奔西岐，在东门安营扎寨。

王魔对张桂芳说："明天出战你叫姜子牙出来，然后我们来收拾他。"

杨森也对张桂芳、风林说："你把这张符贴在马鞍鞒上，这样你们的马就不怕我们坐的怪兽了。否则战马见了骨头会吓得发软，站都站不起来的。"

姜子牙正在相府同众将商议怎么打垮张桂芳的事。有人来报来："张桂芳又回来了，在东门安营扎寨。"姜子牙明白一定是闻太师的援兵到了。

第二天，张桂芳叫阵，指名只要姜子牙答话。

姜子牙传令摆五方队伍出城。见了张桂芳笑道："手下败将还有什么脸面再来挑战？"

张桂芳回答："胜败是兵家常事，有什么可羞愧的？况且今非昔比，我来报仇了。"

话还没有说完，只听见后面一阵鼓响，然后走出四匹怪兽，王魔骑的是陛犴，杨森骑的是狻猊，高友乾骑的是花斑豹，李兴霸骑的是狰狞。四匹兽一冲出来，姜子牙两旁的战将纷纷从马上都跌了下来。连姜子牙也从马上掉了下来，摔得帽子也歪了，衣服也乱了。

四圣一见姜子牙的狼狈样，哈哈大笑。王魔说："不要慌，慢慢起来。"

姜子牙急忙整理好衣帽，一看是四位道人，就问："四位道兄是哪里的？今天到这里有什么吩咐？"

王魔说："姜子牙，我们是九龙山的王魔、杨森、高友乾和李兴霸。闻太师请我们来只是为他解围，没有其他目的。看在都是道门中人的分上，我们也不为难你，只要你答应我们三件事情就行。"

姜子牙说："道兄请讲，不要说三件，就是三十件也行。"

王魔说："第一件要武王称臣。"

姜子牙说："道兄此言差矣。我们武王原本就是大商的臣子，一向奉法守公，没有犯上。"

王魔说："第二件打开仓库，犒劳三军；第三件将黄飞虎父子送出城，交给张桂芳押回朝歌。你认为怎么样？"

姜子牙说："道兄说的我很明白。但允许我回城与武王商量商量，三天给你答复。"

王魔说："好，给你三天时间。"

姜子牙回到城中，刚坐下，只见武成王跪下说："请丞相将我父子送给张桂芳，免得连累武王。"姜子牙赶紧扶起他说："黄将军，刚才答应他三件事，是权宜之计。你想，他们骑的都是怪兽，众将还没出战就先从马上掉下来，来硬的是不行的，所以先挫挫他的锐气，将计就计，再想别的办法。"

安抚了黄飞虎，姜子牙也想不出别的办法来，只好再上昆仑山向师父求助。

来到玉虚宫，元始天尊说："我知道九龙岛王魔等四个人在西岐对付你，他们骑的四个怪兽很厉害，你对付不了。这样，你骑我的四不像去，再带上我的打神鞭，就不怕他们了。你再到北海去，那儿有个人在等你。"

姜子牙谢恩，骑上四不像，来到北海。正走着，忽见山脚下生起一股怪云，接着狂风大作，猛然窜出一个怪物来，把姜子牙吓出了一身冷汗。

那怪物一见姜子牙就跪倒在地说："师父在上，请受徒儿一拜。"

姜子牙一愣，说："你是什么东西？为什么喊我师父？"

怪物说："我是千年龙须虎，受元始天尊指点，在这里等候师父。"

姜子牙很高兴，带着龙须虎就回来了。他们在城中一连八天没有出战。

张桂芳见姜子牙迟迟不出来，就下令到城下叫阵，请姜子牙答话。

于是姜子牙带着哪吒、龙须虎、武成王，骑着四不像出来了。

王魔一见大怒，说："好你个姜尚！这些天不见，原来到昆仑山去借四不像了。我要与你一决雌雄。"催动狴犴，挥剑砍向姜子牙。

哪吒一看，登上风火轮，冲了过来，与王魔打得难解难分。

杨森一看王魔处于劣势，悄悄地从豹皮囊中取出一粒开天珠，迎面打向哪吒。哪吒被打中，从风火轮上掉了下来。黄飞虎一看不好，催动五色神牛冲了过来救出哪吒。

王魔转战黄飞虎，杨森又暗中发射开天珠，打中黄飞虎。就在千钧一发之际，龙须虎跳了出来护住黄飞虎。高友乾被龙须虎的怪样吓了一跳，连忙射出混元宝珠，正打中龙须虎的胳膊。龙须虎疼得直跳，但还是救出了黄飞虎。

李兴霸一看姜子牙身边没人，冷不防用劈地珠打向他，正中前心。姜子牙跌下坐骑，骨碌碌地滚下山坡。

就在这危难时刻，五龙山云霄洞文殊广法天尊带着金吒、黄飞虎的儿子黄天祥、九宫山白鹤洞普贤真人的徒弟木吒及时赶到，打死了四圣。

张桂芳见大势已去，拔剑自杀。

冰冻岐山

前线的消息传到朝歌后，闻太师悲痛欲绝，拍着桌子大叫："师弟们，我对不起你们啊。你们为了我竟然死于非命，我一定要为你们报仇！"说完传令击鼓聚将。

众位将领来了以后，闻太师说："如今张桂芳自杀，风林阵亡，我的四位师弟也丢了性命。今天与各位商议一下，谁能为国家再战西岐？"

话还没说完，老将军鲁雄站了起来说："末将愿意前往。"

闻太师一看是白发苍苍的左军上将军鲁雄，摆了摆手说："老将军年纪大了，还是换别人吧。"

鲁雄笑着说："太师啊，张桂芳虽然武艺高强，也能用兵，但只知道自己逞能；风林虽然年轻气盛，但有勇无谋，所以他们才失败了。作为将领最主要的是用兵，观察天时，熟悉地利，擅用人和，能文能武，能攻能守，败了能生存，死了能复生，弱能变强，柔能克刚，转危为安，变祸为福。只有运筹帷幄之中，才能决胜千里之外。末将一去，一定会成功。如果再有一二名参军，那就稳操胜券了。"

太师一听，觉得鲁雄虽然老了，但有将才，况且忠心耿耿。那么找谁作为参军呢？对了，费仲、尤浑这两个家伙平时鬼点子最多，他们去最合适了。于是传费仲、尤浑来见。费仲、尤浑来了，闻太师对他们说："二位，鲁雄要出征西岐，少两名参军。老夫准备让你们去，协助鲁雄，怎么样？"

费仲、尤浑听了，吓得魂飞魄散，都快哭了。费仲说：

"太师啊，我们是文官，不懂打仗的事，恐怕误了国家大事。"

闻太师说："你们二位聪明机智，能随机应变，完全可以胜任参军。国家正是用人之时，你们更应该为朝廷出力，就不要推托了。"

费仲、尤浑欲哭无泪，无奈只好接受。

这样，鲁雄点齐五万人马奔赴西岐。

当时正是夏末秋初，烈日当空，天气酷热，像个蒸笼一样。将士们又穿着铁甲，个个汗流浃背，气喘吁吁，真是苦不堪言。好不容易来到西岐山，鲁雄下令在树林里安营扎寨。

姜子牙听说朝歌又发兵前来，哈哈大笑："来得正好，封神台造好了，正缺没人祭台呢。"于是传令南宫、武吉点齐五千人马前往西岐山，在山顶安营扎寨。

二将带领人马来到西岐山，热得已经不行了，站都站不住了，还要爬山。大家都想丞相是不是脑子有问题了，这不是找死吗？无奈军令不可违，只好硬着头皮爬山。士兵们怨声载道，骂声不断。

第二天，姜子牙亲自带领三千人马来到西岐山。姜子牙在营帐中坐下，命令武吉在山上搭一座三尺的高台，又命令辛免搬进许多箱子。打开一看，将士们都傻了，原来是棉袄和斗笠。心想：丞相脑子真的出问题了，这要是穿戴起来，不是热得要死吗？

到了晚上，武吉把土台造好了。姜子牙登了上去，披头散发，拔出宝剑，朝昆仑山方向跪拜下去，嘴里念念有词，行起了法术。

霎时狂风大作，飞沙走石，尘烟四起，吹得将士们眼睛都睁不开了。大家都没明白是怎么回事，只觉得天不怎么热了。

鲁雄在帐内看见狂风大作也很奇怪，之后热气全无了，高兴地说："老天有眼，知道闻太师出兵，来帮忙了。"费仲、尤浑也随声附和："天子洪福齐天，所以有凉风相助啊。"

大风刮了三天三夜，越刮越冷，最后像寒冬腊月的北风一样。过了一两个时辰，天空中洋洋洒洒，竟然飘落起雪来了，并且越下越大，如梨花，如柳絮，如鹅毛，大地成了一片银装素裹的世界。

鲁雄冻得直发抖，对费仲、尤浑说："这七月下这么大的雪，真是罕见啊。"他年纪大了，怎么禁得住这么寒冷的天气。费仲、尤浑也冻得直哆嗦，无计可施。士兵们就更惨了，抱着膀子直跳脚。

这下姜子牙的棉袄、斗笠起作用了。人人穿戴起来，都对丞相佩服得五体投地。

姜子牙问："雪有几尺深了？"

武吉回答："山顶上有二尺深，山脚下被风吹得有四五尺深了。"

姜子牙一听，再爬到台上，口中又是念念有词。

一会雪住云开，阳光灿烂，烈日当空，像火一样，天气又恢复了炎热。霎时雪都化成了水，一声轰响往山下喷去，像开了闸的洪水，汹涌而下，山脚下汪洋一片。

姜子牙见雪都化了，水都流到山下去了，又跑到土台上施法术，一时狂大风大作，阴云密布，气温急剧下降，不亚于数九严冬，霎时把岐山冻成一块大玻璃。

再看朝歌军营，士兵都被冻成了冰棍，全都倒在地上。姜子牙命令南宫、武吉带二十名刀斧手下山把朝歌首领抓来。

二将来到营中一看，大部分人都被冻死了，没死的也都不能动弹了。找到鲁雄、费仲、尤浑时，他们都半死不活了，毫无抵抗力，抓他们如同囊中取物。

南宫、武吉将三个人押了上来。鲁雄傲然站着，费仲、尤浑两腿一软，扑通跪倒在地。

姜子牙看了看鲁雄，说："鲁雄，识时务者为俊杰。做人要明事理、辨真假。如今人心归周，你愿意弃暗投明吗？"

鲁雄大喝一声："休想！姜尚，你也曾是商朝的子民，如今背主求荣，能算是好汉吗？我决不会背叛大商，被你抓住，只求速死，又何必废话。"

姜子牙大怒："执迷不悟，死路一条。来啊，押往土台。"

就这样三人被祭了封神台。

恶战四魔

鲁雄的残兵败将逃回朝歌禀报，闻太师一听气得捶胸顿足，哇哇大叫："姜尚，你居然用这么恶毒的手法。我要亲自出征，踏平西岐。"

吉立站了起来说："太师，东、南两方战事未了，您要坐镇指挥呀。西岐虽然厉害，还用不着您亲自出马。只要派佳梦关魔家四将出征，就能大功告成。"

闻太师听了大喜，说："我怎么没想起他们呢？打败西岐，非此四人不可。"说完忙发军令。

魔家四将接到军令大笑，老大说："太师怎么不会用兵了？西岐不过是姜尚、黄飞虎这些鼠辈，杀鸡焉用宰牛刀？"

随后兄弟四人点十万精兵，浩浩荡荡，直奔西岐。

只几天就来到西岐城下，在北门安营扎寨。

姜子牙听说魔家四将来了，于是召集众将商议退兵之策。

武成王黄飞虎上前说："丞相，佳梦关魔家四将是兄弟四人，都受过高人的指点，擅长奇门幻术，很难对付。老大叫魔礼青，有一把宝剑叫青云剑。剑上有地、水、火、风四个字符。'风'最厉害，施展起来会有千千万万把枪戈。如果碰着了，就会粉身碎骨。老

二魔礼红有一把伞，撑开后天昏地暗，日月无光，转一转乾坤晃动。老三魔礼海用一把琵琶，上面有四条弦，拨动弦声，又是风又是火，无人能挡。老四魔礼寿的口袋里有一只花狐貂，放出来后会吃人。如果他们来了，我们恐怕没有办法取胜。"

姜子牙一听他们这么厉害，心事重重，闷闷不乐。

第二天，四魔就摆开队伍，叫阵姜子牙。

姜子牙心有余悸，怕打败了失去军心，于是犹豫不决。

金吒、木吒、哪吒急了，金吒说："师叔，难道听黄将军这么一说，我们就不打仗了吗？周取代商是天意，老天会保佑大周的，我们不必怕他们。"

一席话使姜子牙信心大增，传令出城摆阵应战。

魔家四将见姜子牙出兵有法，纪律森严，不由暗暗佩服。

姜子牙来到阵前，抱拳问道："四位是魔元帅吗？"

魔礼青说："姜尚，你不安分守己，反而挑起事端，实在大逆不道，自取灭亡。现在大军压境，还不投降，等待何时？等踏平你的西岐，就悔之晚矣。"

姜子牙说："元帅之言差矣。我们一直奉公守法，对商称臣，怎么是大逆不道呢？我们并没有侵犯五关，是朝廷听谗言，屡次攻打西岐，失败是自取其辱。造成现在这个局面，责任并不在我们。难道让我们白白送死，才叫效忠朝廷吗？"

魔礼青大怒："你竟敢说朝廷自取其辱？你就不想想你闯下的是灭国之祸吗？"说完迈开大步挥戟攻向姜子牙。南宫纵马舞刀截住魔礼青。

魔礼红挺着方天戟冲杀过来，辛甲举斧前来迎战。

魔礼海把双锏一摇也直杀出来，哪吒登上风火轮，和他打了起来。

武吉找上魔礼寿，两人战在一起。

两军士兵敲锣打鼓，呐喊助威。一时刀光剑影，天昏地暗。

只见哪吒随手取出乾坤圈，举在空中，要打魔礼海。魔礼红一看，急忙跳出阵外，把混元珍珠伞撑开一晃，哪吒的乾坤圈就被收了进去。金吒见弟弟的宝贝被收走了，赶紧使出遁龙桩，也被混元伞收走了。姜子牙一看不妙，取出打神鞭。哪知道打神鞭只能打神不能打仙，也不能打人。四魔是人，不能打，因此打神鞭也被伞收去了。姜子牙大惊失色。

魔礼青把青云剑一举，晃了三四次。顿时一阵黑风夹着千千万万把戈矛射了出来。

魔礼红见哥哥用了青云剑，也把珍珠伞撑开，连着转了三四次，突然浓烟四起，火光冲天，天昏地暗。

魔礼海拨动了地水火风琵琶，一时狂风大作，地动山摇。

魔礼寿也放出了花狐貂，张牙舞爪，见人就咬。

西岐军队被打得丢盔卸甲，尸横遍野，血流成河，溃不成军，一败涂地。残兵败将逃往城里，紧闭城门。

姜子牙一清点，九员战将、六位殿下、三名副将阵亡，士兵死了一万多人，受伤的不计其数。姜子牙伤心欲绝。

魔家四将敲着得胜鼓收兵回营，军心大振。

第二天，魔家四将继续叫阵。

姜子牙传令："将免战牌挂在城楼之上。"

魔礼青一看姜子牙不敢应战，传令架起云梯攻城。

姜子牙率领金吒、木吒、龙须虎、哪吒、黄飞虎等没有受伤的人上城守卫，用滚木垒石、强弓硬弩打退了四魔一次又一次的进攻。

打了三天，魔家四将见城不仅没有攻下来，反而损兵折将，就命令暂时退兵。

夜里兄弟四人商议，魔礼红说："姜尚在昆仑山学道，善于用兵。我们先不攻打，只要把西岐城团团围住，困得它里无粮草外无援兵，就会不攻自破。"

魔礼青很赞同，于是把西岐城围得水泄不通。

不觉困了两个多月，四魔也非常着急。魔礼青说："闻太师命令我们讨伐西岐，如今两三个月了还没有破敌。我们有十万人马，每天的钱粮也要花费许多。如果太师怪罪，我们会很没面子的。这样，今晚每个人都使用自己的宝贝，把它们的威力合起来，把西岐变成渤海，早早班师回朝，怎么样？"三兄弟非常赞同。

玉虚宫的元始天尊算出四魔用此损着，于是将玻璃瓶中的净水往西岐一泼，西岐城就浮在海水上面。

到了夜里，魔礼青举起青云剑，魔礼红撑起混元珍珠伞，魔礼海拨动琵琶，魔礼寿放出花狐貂。只见四周一片汪洋大海。他们心想，这下西岐城总被淹了吧。

第二天元始天尊又把水退了回去。

四魔一看西岐城纹丝不动，大吃一惊，再也无计可施，只好继续围城。

两个月又过去了。手下人报告姜子牙粮食只够吃十天了。姜子牙非常吃惊，急得团团转。正着急呢，忽听有人报告："有二位道童求见。"姜子牙赶紧请他们上来。

两位道童一见姜子牙，倒身便拜，齐声说："参见师叔。"

姜子牙问："二位是来自什么地方？到西岐有什么贵干呀？"

其中的一人说："弟子来自金庭山玉屋洞道行天尊门下，姓韩名毒龙。这位是姓薛名恶虎。奉师父之命前来送粮食。"

姜子牙大喜，说："师父讲危急时自有高人相助，果然是这样。"

就这样姜子牙与四魔僵持了快一年了。姜子牙虽然不担心粮食了，但这样下去何日是尽头啊。正愁着呢，又有人来报："有一名道士求见。"姜子牙命令："有请。"

这位道士头戴扇云冠，身穿水合服，腰束绦丝带，脚登麻布鞋，来到堂前便拜，喊了一声："师叔。"

姜子牙就问："你是谁？从哪里来啊？"

道士说："弟子是玉泉山金霞洞玉鼎真人门下，姓杨名戬，奉师命特来听从师叔调遣。"

姜子牙这个高兴啊，知道杨戬不是一般人，就把眼前的情况给他讲了一遍。

杨戬一听就说："弟子既然来了，师叔摘下免战牌吧，我去会会四魔。"

魔家四将听说姜子牙摘掉了免战牌，这个高兴啊，终于见着西岐的人了，于是立即出营叫阵。

姜子牙命令杨戬出城迎战。城门一开，杨戬一马当先冲了出来。

魔礼青一看西岐城内只出来一个人，似道非道，似俗非俗，就问："来者是什么人？"

杨戬回答："我是姜丞相的师侄，叫杨戬。你有什么能耐，敢来这里行凶作怪？我叫你知道我的厉害，让你死无葬身之地。"说完打马冲了上来。

魔家四将有半年没打过仗了，手都痒痒，一齐上来就把杨戬围在中间，混战起来。

魔礼寿取出花狐貂，一口把杨戬吞了进去。哪知道杨戬练习九转玄功，会七十二变化，花狐貂哪里能消化他呀？杨戬在花狐貂肚子里用手一挤它的心脏，花狐貂一声惨叫，就一命呜呼了。然后他变成花狐貂，找到另外三魔的宝贝以及哪吒他们的宝贝，回到西岐。

四魔丢了宝贝，也没什么过人之处了，结果被赶来的黄天化用心钉一一打死了。

初胜闻太师

闻太师在朝歌正等待好消息呢，突然听到魔家四将全部被杀这个噩耗，气得七窍生烟，第三只眼睛睁开，发出二尺白光，"啪"地一声，把桌子都击碎了，大叫："我要亲自出征，踏平西岐。"当天就向纣王请战，得到了纣王的同意。

选好日子，闻太师骑上黑麒麟，率领三十万大军，浩浩荡荡地离开朝歌，向西岐进发。一路上旌旗招展，彩带飘扬。

渡过黄河，来到渑池，取道青龙关，杀气腾腾地直逼西岐南门。到城外安好大营，扎下大寨。

西岐哨兵赶紧向姜子牙报告："闻太师率领三十万人马在南门外安营扎寨。"

姜子牙不敢怠慢，同众将到城楼上观看闻太师的军营。真是装备精良，训练有序。姜子牙看了不得不从心底佩服。回来同众商议退兵之策。

黄飞虎说："丞相不必忧虑，魔家四将那么厉害，也败在我们手中。所谓吉人自有天相，不用怕闻太师。"

姜子牙说："话是这么说，可老百姓要遭殃了，生灵涂炭，不得安宁啊。"

正说着，有人报闻太师在城下挑战。姜子牙传令出城迎战。

闻太师看见西岐南门打开，出来一支人马，按五方队伍排好。

姜子牙在四不像上欠身抱拳，说："参见太师，姜尚有礼。"

闻太师说："姜丞相，我听说你是昆仑名士，怎么这么不识大体？"

姜子牙说："我是玉虚宫的人，但一向注重道德。遵纪守法，服从民意，爱护百姓，童叟无欺，国泰民安，怎么说我不识大体呢？"

闻太师说："你只会花言巧语，却不知道自己的罪过，我问你，明明有纣王，你为什么要自立武王？这不是祸国之罪吗？黄飞虎明明是叛臣，你却收留他，这不是欺君之罪吗？朝廷兴师问罪，你不但不认罪，反而擅自抗拒，大开杀戒，这不是叛逆之罪吗？今天我亲自到这里，你依然负隅顽抗，还巧言饰非，真是令人痛恨！"

姜子牙一听笑了，说："太师此言差矣。自立武王不假，但只是诸侯的家事，子承父业，天经地义。还没来得及让朝廷确认，你们就来攻打，到底是谁在祸国？天下诸侯为什么都反了？天子自我堕落，自乱纲常，难道罪过都让大臣承当？作为天子，不思反悔，却动用武力，横加讨伐，是谁在荼毒生灵？我姜尚并未派一兵一卒进攻朝廷，而威震八方的闻太师却不分青红皂白，带着这么多人来进攻一个诸侯国，难道就不怕天下人耻笑吗？"

闻太师被姜子牙几句话说得满脸通红，但也不能回头就跑啊，他一眼看见黄飞虎了，于是大叫："叛臣黄某出来见我。"

黄飞虎只得向前，在牛上行礼，说："末将见过太师。自从相别不觉已经好几年了，今日相见，我的冤屈可以直接向您申述了。"

闻太师大怒，说："你们黄家享尽荣华富贵，不思报恩，却反出朝廷，杀害大臣，简直恶贯满盈，还在强词夺理。来啊！哪位将军先把反臣拿下？"

邓忠上前大叫："末将愿往。"说完催马向黄飞虎冲过来。黄飞虎驱五色神牛，挥舞手中兵刃迎战。张节使冲过来帮助邓忠，被南宫截住。陶荣挥铜也冲过来助战，被武吉挡住。

双方六员大将战在一起，来来往往，冲冲撞撞，上下翻飞，杀得天昏地暗，日月无光。

辛环见三位大将不能取胜，肋展双翅，飞到半空中，手中拿着锤砸向姜子牙。黄天化一看，驱动玉麒麟，挡住辛环。

西岐的众将看见对方军营里飞出一人来，头戴虎头冠，面如红枣，尖嘴獠牙，狰狞凶恶，都吓了一跳。

闻太师一看这是个机会，急忙催动黑麒麟，挥舞着两条金鞭，向姜子牙冲了过来。姜子牙急忙驱动四不像招架相迎。两头怪兽腾云驾雾，两位道士你死我活地恶战起来。

闻太师手中的雌雄双鞭非常厉害，原是两条蛟龙化成的，按阴阳化作两股气，直冲云霄，轰轰作响，再从空中往下落，像炸雷一样。姜子牙怎么敌得住，只有左躲右闪，苦苦招架，一不小心被击中肩膀，从四不像上掉了下来。闻太师正要砍他的头，哪吒登上风火轮冲了过来，大叫："不要伤害我师叔！"然后朝闻太师的头上就是一下子，闻太师急忙招架。辛甲赶快将姜子牙救了回去。

闻太师与哪吒打了三五个回合，又举鞭打哪吒，哪吒没有防备，被打下风火轮来。金吒早有准备，快速赶来，用宝剑架住金鞭，想救哪吒。闻太师大怒，连发双鞭，连打金吒、木吒、韩毒龙。幸亏有杨戬在一旁，看见闻太师的双鞭厉害，打得西岐众将落花流水，赶紧催动银合马冲上前，挺戟就刺。闻太师见杨戬相貌不凡，心中暗想：西岐怎么有这么多奇人？于是挥鞭迎战。打了几回合，又举起双鞭，正打中杨戬的顶门上。只见火花四溅，杨戬却一点事都没有。闻太师大惊：这是什么人啊？

那边陶荣和武吉打得难解难分，见一时胜不了，就把聚风拿出来，连着摇了几摇。霎时间飞沙走石，尘土飞扬，天昏地暗。狂风吹得众人东倒西歪，丢盔卸甲，晕头转向。

姜子牙收兵回城，安抚好伤员，在一旁唉声叹气。杨戬见了说："丞相不用担心，先休息一两天再和他决战，一定会胜。找机会劫营，先挫一挫他的锋芒，以后会势如破竹，抓住闻仲。"

第三天，西岐城门大开，众将出城飞一般冲向敌营。闻太师随即出营，压住左右阵脚，一催黑麒麟，冲到阵前。

姜子牙说："今天我要与你决一雌雄。"说完两人打了起来。

闻太师把雌雄鞭举在空中往下打，姜子牙也举起了打神鞭往上迎。鞭打鞭，闻太师雌雄鞭被打成两截，掉了下来。闻太师大叫一声："好你个姜尚，居然敢打坏我的法宝，我与你势不两立。"姜子牙又一鞭打过去，闻太师躲闪不及从坐骑上掉了下来。幸亏吉立、余庆及时赶到，闻太师才有机会

封神演义故事

借土遁逃走了。

　　姜子牙与众将大杀一阵，才收兵进西岐城。来到相府，只听杨戬说："师叔，今夜如果去劫营，肯定会获胜。"姜子牙说："好。你们先休息，夜里听候命令。"

　　半夜时分众将接到命令，到相府集中。姜子牙命令黄飞彪、黄飞虎、黄明等冲击闻太师左营；命令南宫、辛甲、辛免、四贤小俊冲击右营；命令哪吒、黄天化冲击营门；木吒、金吒、韩毒龙、薛恶虎作接应；龙须虎、武吉保护姜子牙坐镇指挥；杨戬去烧闻太师粮草；老将军黄滚守城墙。

　　初更时分，姜子牙一声令下，各队杀向闻太师大营，势如破竹。闻太师骑上黑麒麟，上前迎敌，被哪吒、黄天化围住，金吒、木吒、韩毒龙、薛恶虎前来助战。

　　这是一场恶战，只杀得星光暗淡，鬼哭狼嚎，尸横遍野，血流成河。

　　打得正激烈的时候，只见闻太师后营火光冲天，亮如白昼。原来是杨戬杀了进去，点燃了闻太师的粮草。

　　闻太师一见火起心中大惊，心想：粮草被烧，还打什么仗？无心恋战，一不留神被姜子牙的打神鞭打得口吐鲜血，趴在黑麒麟上没命地逃。邓忠、张节在后面，辛环在空中保护闻太师，一路败走。

　　闻太师征讨西岐，姜子牙首次告捷。

姜子牙被害

打了胜仗，大家都聚在姜子牙的相府里庆功，正在高兴，有人来报："有一道童求见丞相。"姜子牙说："请。"

只见有个肋下长着翅膀的怪物走了进来，大家吓了一跳，还以为是辛环呢，细一看又不像。只见这个怪物向姜子牙跪了下来，喊道："参见师叔。"

姜子牙乐了，帮忙的又来了，就问："你是哪处名山的弟子，为什么到这儿来啊？"

怪物说："弟子是终南山玉柱洞云中子的门下，叫雷震子。奉师之命下山，一是拜见师叔；二是与皇兄相会。"

姜子牙一愣，说："你的皇兄是谁啊？"

雷震子说："我的皇兄就是武王。"

姜子牙问两边的殿下："你们认得他吗？"

各位殿下齐声说："不认识。"

雷震子对姜子牙说："弟子是父王在燕山领养的，七岁的时候曾经救父王出五关。"

姜子牙恍然大悟，对大家说："是有这么回事，先王曾经告诉过我说当年出五关时遇到雷震子救护。现在回归西岐，真是一大幸事啊。"

于是领着雷震子去见武王。武王非常高兴。

再说闻太师兵败后，退出岐山七十里才收住人马，安下营寨，清点人数只有两万多人了。闻太师长叹一声说："唉！

带兵打仗这么多年，还没有败得这么惨过。真让人痛心啊！"

见太师长吁短叹，吉立劝首道："太师不必忧虑。您的朋友那么多，怎么不去请一两位前来相助呢？"

闻太师一拍脑门，说："对啊，老夫都忙晕了。"于是骑着黑麒麟前往东海金鳌岛。

到后刚下黑麒麟，就听有人叫道："闻道兄，你要到哪去呀？"

闻太师回头一看，原来是菡芝仙。连忙上前施礼，问道："道兄又是到哪里去呢？"

菡芝仙回答："我特地来找你呀。金鳌岛的道友为了你都到白鹿岛去了。前天申公豹来请我们前往西岐帮助你。我正好在八卦炉中炼东西，还没完成，现在炼成了，随后就到。你快点去白鹿岛吧。"

闻太师听了大喜，就往白鹿岛去。一会就到了，只见几个道人坐在山坡前说话。闻太师看见后大声呼喊："各位道友好自在啊！"

道士们一看闻太师来了，起身相迎。秦天君说："闻道兄征伐西岐，前天受申公豹的邀请，我们在这里研究十阵图，正好成功。"

闻太师问："噢，太好了。是哪十阵呢？"

秦天君回答："我们这个十阵各有各的妙处，简直变化无穷，明天到西岐摆下你就知道了。我们这就动身去西岐。"说完他们借水遁往西岐而去。

闻太师骑上黑麒麟一会儿就到了行营。连夜起兵杀奔西岐城，重新安营扎寨。

姜子牙听说闻太师又回来了，知道他一定是请到了援兵。

杨戬说："闻太师刚被打败，这么快回来，一定是请到了擅长旁门左道之人，大家一定要小心。"

姜子牙听了觉得有理，就同哪吒、杨戬等上城楼观察闻太师行营。一看，果然与以前大不相同。只觉得军营中笼罩着一股杀气，仿佛有十几道黑气冲向云霄。姜子牙看后惊讶不已，各位将领也都沉默不语。回到相府共议破敌之策，毫无头绪。

闻太师安了营后，就与十位道士共议破西岐之策。

袁天君说："我听说姜子牙是昆仑门下，那我们就与他斗一斗智，看看谁厉害。"

闻太师表示赞成。

第二天，闻太师布好阵势向姜子牙挑战。

姜子牙出城应战。一看闻太师已经布成阵势，闻太师坐黑麒麟拿着金鞭在前，后面有十位怪道士都骑着鹿，凶神恶煞一般。

姜子牙在四不像上向他们行礼后问："道兄请了。不知各位来自哪座名山，哪处洞府啊？"

秦天君回答："我是金鳌岛的秦完。你是昆仑门客，我是截教门人，为什么你仗着道术欺侮我教？莫非显得你们道家有能耐吗？"

姜子牙说："怎么见得是我欺侮贵教呢？"

秦完说："你杀了九龙岛魔家四将，不是欺侮我教是什么？今天下山就是与你见个高低。我们不比武力，只比智力，免得生灵涂炭，百姓遭殃。怎么样？"

姜子牙听完问："怎么个比法？"

秦完说："我们在岛上研究了十个阵法，你先跟我来看阵法图。"

姜子牙一看，见头一阵有个牌子，上面写着"天绝阵"，第二阵写着"地烈阵"，第三阵写着"风吼阵"，第四阵写着"寒冰阵"，第五阵写着"金光阵"，第六阵写着"化血阵"，第七阵写着"烈焰阵"，第八阵写着"落魂阵"，第九阵写着"红水阵"，第十阵写着"红砂阵"。

见姜子牙看完，秦天君问："你可认识这些阵法？能破吗？"

姜子牙说："我当然认识，当然能破了。"

秦天君吃了一惊，问道："那么什么时候来破？"

姜子牙说："随时可以。"

说完，各自回去。

姜子牙回到相府后就犯了愁，双眉紧锁，无计可施。

杨戬着急地问："师叔刚才讲能破此阵，是真的吗？"

姜子牙说："这些阵法都是截教传来的，稀奇古怪地很，怎么能破得了？"

闻太师回营设宴席款待十位道士。喝酒的时候，他问："请问道友这十种阵法有什么奇特之处，能破西岐吗？"

秦天君对闻太师说："这些阵法都是我们精心演练的，威力无比。如果进去了不能破解就会被雷电击中，被火烧着，被风吹着，被冰冻着，被水淹着，万劫不复，化作灰烬，魂飞魄散。"

姚天君说："各位道兄，据贫道看来，西岐城不过是弹丸之地，姜子牙不过是江湖术士而已，用得着十绝阵吗？只要小弟略施小计，就能把姜子牙处死。他死了就会群龙无首，西岐自然土崩瓦解。"

闻太师一听就高兴了，说："果能这样当然求之不得了。道兄用什么方法呢？"

姚天君说："我施法只要二十一天，姜子牙就会一命呜呼。众位瞧好吧。"

于是姚天君进入落魂阵内，跳到一座土台上，摆上香案，扎一个稻草人，写上姜尚的名字，在稻草人头上点三盏灯，脚下点七盏灯。上面三盏叫催魂灯，下面七盏叫捉魂灯。姚天君披头散发，拿着宝剑，边走边念念有词，一天拜三次。每拜一次，姜子牙的魂魄就少一点。

杨戬看到姜子牙总是坐卧不安，还一惊一乍的，容貌与以前也大不相同，觉得很奇怪。难道师叔想破阵法想得中邪了，怎么颠三倒四的？

过了七八天，大家觉得丞相越来越不对劲，整天不理军情，心烦意乱，昏昏欲睡，都不知道是怎么回事。

又过了十九天，大家连丞相的影子都看不到了。一打听原来在睡觉，还鼾声如雷。哪吒、杨戬知道不妙，因为兵临城下，师叔不会不以军情为重而酣睡的，其中肯定有缘故。

于是都到卧室里请丞相出来议事。姜子牙勉强起来，但一句话也不说，呆不呆痴不痴的。大家也无可奈何，只好回去。

第二十一天，忽然传来噩耗，姜子牙已经死在相府。众弟子与各将领悲痛欲绝，泣不成声。杨戬含着泪准备收尸入殓，用手一摸，觉得姜子牙的心口还是热的，连忙对大家说："不要慌，师叔还没有死，先放在床上。"

但姜子牙就是不醒，大家束手无策，慌作一团。

魂游昆仑山

姜子牙的魂魄被姚天君拜出了窍，飘飘荡荡，竟往昆仑山去了。

南极仙翁正在山下采药，猛然见到姜子牙来了，就去打招呼。走近一看，才知道是姜子牙的魂魄飘过来了。南极仙翁大大地吃了一惊，喃喃地说："难道姜子牙死了？"慌忙赶上前一把抓住魂魄，装在葫芦里，赶紧塞住葫芦口，生怕魂魄飘走了再也找不着。直奔玉虚宫，告诉师父。

刚进宫，就听后面有人叫："南极仙翁不要走！"仙翁回头一看，原来是太华山云霄洞的赤精子。

仙翁说："道友从哪里来？"

赤精子说，"闲着没事，特地来找你游玩，下几盘棋，怎么样？"

仙翁边跑边说："对不起，今天没空闲。"

赤精子说："哎，不要跑啊。今天不开讲，你我正好闲着。如果哪天开讲了，就都没空闲了。说没空是老兄骗我吧。"

仙翁急了，说："我真的有要紧事，不能陪你，怎么可能骗你呢？"

赤精子哈哈一笑："我知道你有什么事。是姜子牙的魂魄不能入窍吧。"

仙翁很奇怪，说："你怎么知道的？"

赤精子说："我刚才是逗你玩呢。我也是发现了姜子牙的魂魄才跟到这里。见你这么着急地进宫，故意问你的。姜子牙魂魄现在在哪里？"

仙翁说："现在已经被我装在葫芦里了，正要告诉师父，没想到你来了。"

赤精子说："多大点事情啊，还要惊动天尊？你把葫芦给我，我去救子牙。"

仙翁就把葫芦交给赤精子。赤精子接过葫芦借土遁离开昆仑，霎时来至西岐，到了相府前。

杨戬一看赶紧拜倒在地，喊道："师伯，今天一定是为了师叔而来的吧？"

赤精子回答："是的。快带我去。"

杨戬把赤精子带卧室。赤精子见姜子牙闭着眼睛，仰面躺着，就对大家说："大家不用悲伤，也不必惊慌。只要他的魂魄还体就没事了。"

杨戬问："什么时候能救醒？"

赤精子说："今天夜里三更，子牙就会复活。"

大家都很高兴。

三更天到了，赤精子起身出城，只见十阵内黑风阵阵，阴云密布，到处是鬼哭狼嚎之声。赤精子知道这种阵法十分险恶，于是用手一指，脚下出现两朵白莲花，护住身体，轻轻地飘在空中。

赤精子来到落魂阵内，看到姚天君正在那里作法。又看到一个草人，头上一盏灯半昏半亮，脚下一盏灯也半灭半明。姚天君敲一下令牌，那两盏灯就暗一下，一魂一魄就在葫芦里跳一下，幸好葫芦口塞得紧，否则就跳出来了。

接着姚天君连拜了几拜，那灯就是不灭。灯不灭，魂就不断。姚天君觉得很奇怪：为什么灯就是不灭呢？心中烦躁，把令牌一拍，气得哇哇大叫。

赤精子在空中瞅准姚天君拜下去的机会，把脚下的莲花往下一落，就来抢稻草人。

姚天君正好起身，抬头看见有人落下来，原来是赤精子，大叫道："赤精子，原来是你！你竟敢进我的落魂阵来抢姜尚的魂魄！"连忙抓一把黑砂朝上一洒，赤精子慌忙快速逃走。因为跑得太快，把脚下的两朵莲花掉落在阵中，赤精子也差点掉进落魂阵中，连滚带爬地借土遁进了西岐城。

杨戬一见赤精子神情恍惚，气喘吁吁，就问："师伯救回魂魄了吗？"

赤精子摇了摇头，连连说道："好厉害！好厉害！要不是跑得快，连我都差点要陷在落魂阵里。我脚下的两朵莲花也被打落在阵中。"

武王听了就哭着说："照你这么说，相父不能回生了。"

赤精子说："大王不必忧虑，会没事的。这只不过是子牙的劫数。你们在这等着，贫道去一趟昆仑山。我去去就来，你们不要走动，好好看着子牙。"

吩咐完毕，赤精子离开西岐城，借土遁来至昆仑山下，正遇到南极仙翁。

南极仙翁见赤精子来了，忙问："子牙的魂魄回来了没有？"

赤精子把事情的经过说了一遍，然后问："麻烦道兄问一下师尊，怎样才能救出子牙？"

仙翁听了哭笑不得，入宫来到宝座前行礼，把姜子牙的事详细地说了一遍。

元始天尊说："我不能管这种事，否则会引起纷争。你叫赤精子去趟八景宫，拜见大老爷，就会知道怎么做。"

仙翁出来转告赤精子。

赤精子告别南极仙翁，驾祥云飞往八景宫，不一会就到了。这里是大罗宫玄都洞老子居住的地方。

赤精子在玄都洞外不敢擅自闯入，等了一会，见玄都大法师出来了，赶紧打招呼："道兄别来无恙。赶紧替我通报一下，我是为姜子牙魂魄游荡的事而来。"

玄都大法师听说后忙入宫通报。

老子说："叫他进来。"

赤精子入宫，倒身下拜："弟子祝愿老师圣寿无疆！"

老子说："你们犯了这一劫，才有姜尚落魂阵之灾，这都是天数，你们要多加小心。"转身对玄都大法师说，"你去取太极图来，交给赤精子。"又对赤精子说："你拿这幅图去，到时候打开就可以救出姜尚。快去吧。"

赤精子拿了太极图，离开大罗宫，直奔西岐。

武王听说赤精子回来了，与众将一起迎到殿前。

杨戬问："师伯，师叔要到什么时候才能获救？"

赤精子回答："也是三更。"

众人听了将信将疑。

三更天了，赤精子起身出城，来到十阵门前，捏土成遁，飘在空中，见姚天君还在那里拜呢。于是将老子的太极图打开，这幅图立即化作一座金桥，金光闪闪，照耀山河大地，护住赤精子。他往上一跳，用手一把抓住稻草人就要走。

姚天君见赤精子又来了，大叫："好你个赤精子！你又来抢我的稻草人，真是可恶！"抓起一把黑砂朝赤精子洒去，赤精子叫一声不好，转身去躲，没想到太极图却掉了下去，被姚天君一把接住。

赤精子虽然把稻草人抢了出来，却把太极图丢了，吓得魂不附体，面如白纸，喘息不定，差点从土遁上掉下来。下了土遁，赤精子把稻草人放下，取出葫芦，收了姜子牙丢的魂魄，装在葫芦里面，回到相府。

大家都在等着他呢，远远望见赤精子回来了，杨戬上前问："师伯这次取回师叔的魂魄了吗？"

赤精子一脸苦相，说："子牙的事虽然完成了，可我将大老爷的奇宝太极图丢失在落魂阵里了，我闯大祸了。"

众人又是哭笑不得。

赤精子来到姜子牙的床前，把他的头发分开，将葫芦口对准姜子牙的九宫穴，在葫芦了敲了三四下，姜子牙的魂魄就入窍了。

不一会姜子牙睁开了眼睛，说："这一觉睡得真香！"一看大家都围在自己床边，忙问到底发生了什么事。

赤精子把事情的经过详详细细地讲了一遍，然后嘱咐道："你的身体还要调养，等彻底恢复了，我们再商议破阵之策。"

姜子牙经过几天的调养，完全康复了。

齐破十绝阵

姜子牙病愈后，召集众人商议怎样破阵。

赤精子说："这些阵都是旁门左道，奥妙无穷，连我都差点栽在里面。"话还没说完，杨戬来报告："师叔，二仙山麻姑洞黄龙真人到。"

姜子牙赶紧出来迎接，行礼完毕，分宾主坐下。姜子牙问："道兄今天来有什么指教？"

黄龙真人说："贫道特地来西岐共商破十绝阵之法。其他道友随后即到。这里不方便，贫道先来是想告诉你，需要在西门外搭一座芦篷席殿，以便三山五岳的道友来后可以休息，不要怠慢了他们。"

姜子牙传命："南宫、武吉，你们赶紧造芦篷，安放席殿。"又命令杨戬做好接待工作，一旦有道友来，随时通报。

不到一天，武吉来报完工。

姜子牙和赤精子、黄龙真人在芦篷殿内等候。

很快各路道友纷纷到来，络绎不绝。他们是：九仙山桃园洞广成子、乾元山金光洞太乙真人、五龙山云霄洞文殊广法天尊（后来的文殊菩萨）、普陀山落伽洞慈航道人（后来的观世音菩萨）、金庭山玉屋洞道行天尊、夹龙山飞云洞惧留孙（后成佛）、崆峒山元阳洞灵宝大法师、九宫山白鹤洞普贤真人（后来的普贤菩萨）、玉泉山金霞洞玉鼎真人、青峰山紫阳洞清虚道德真君等等。

这下可把姜子牙乐坏了。他向大家行过礼后说："各位道兄，姜尚才疏学浅，不过只有区区四十年的功力，根本无法破解十绝阵。恳求哪位道兄出手相助，姜尚不胜感激。"

广成子说："我也是自身难保，虽有所学，但也不能破这邪术。众位道友，你们说说看怎么破？"

正当大家七嘴八舌地议论时，只听见半空中有鹿鸣叫，满屋生香，烟雾缭绕。大家知道一定是高人到了，于是一齐走出芦篷殿去迎接。

一看原来是灵鹫山园觉洞燃灯道人。进来后，燃灯说："各位道友，贫道来迟了，不要怪罪。十绝阵非常凶险，不知道主帅是谁啊？"

姜子牙回答："我们正在讨论此事，还望师叔指点。"

燃灯说："实不相瞒，我就是来执掌帅印的。子牙，将符印交给我吧。"

姜子牙与众人都非常高兴。燃灯接过大印，与大家共商破十阵之策。

闻太师在营中也在与十天君商议十阵的事，他问："十阵有没有全部布置好了？"

秦天君说："早就完成了，可以下战书了。早点打败他们，早点回家。"

闻太师听了急忙写了战书，派邓忠送给姜子牙。姜子牙答应三天后破阵。

不觉已是第三天。一大早，闻太师就率兵出营。

只见西岐芦篷殿里燃灯领众人缓缓向前，一对一对整整齐齐。赤精子和广成子；太乙真人和灵宝大法师；道德真君和惧留孙；文殊广法天尊和普贤真人；慈航道人和黄龙真人；玉鼎真人和道行天尊。

秦天君飞出天绝阵，大喊一声："谁敢来破我的阵？"

燃灯道人看左右，还没来得及问呢，忽然空中一阵风声，飘下一位道士。燃灯道人一看原来是玉虚宫的邓华。

邓华一抱方天画戟给各位打招呼，然后说："我奉师父的命令特来破天绝阵。"说完冲到阵前。

秦天君问："你是什么人？竟敢破我的阵法？"

邓华说："连我都不认得？我是玉虚宫的邓华。你这个破阵会难得倒我吗？"说完提起画戟就刺。

秦天君催鹿相迎，在天绝阵前打了起来。秦天君不想与邓华硬拼，战了三五个回合就往阵里就走。邓华在后面追赶，过了阵门就进入阵内。秦天君见邓华进来了，急忙上了板台。台上有几案，案上有三首，秦天君将三首拿在手中，连转了几转，往下一扔，立刻雷电交加，把邓华击昏，倒在地下。秦天君下了板台，将邓华的头割下来，拎了出来，大声说："昆仑教还有谁敢再来破我的天绝阵？"

燃灯一看，不禁心头一酸。

这时文殊广法天尊跳了出来，举剑就刺秦天君。秦天君举铜招架，几个回合，就把天尊引到天绝阵前。天尊用手往下一指，马上出现两朵白莲，天尊踏上白莲，飘飘然就进了阵。秦天君将三首摇了几摇，也摇不动广法天尊。天尊把遁龙桩往空中一抛，将秦天君捆住，上前一剑，将秦天君的头割了下来，提着走出天绝阵来。

闻太师一看秦天君被杀，大叫一声："文殊不要跑！"催动黑麒麟冲了过来。黄龙真人乘鹤飞来，拦住了闻太师，说："秦天君杀了我师弟邓华，就算扯平了。现在还有九阵，你急什么？"

正说着，只听地烈阵中一阵钟响，赵天君在梅花鹿上大叫："广法天尊，你虽破了天绝阵，但还有谁来破我的地烈阵？"说完冲了过来。

这时韩毒龙跳了出来说："不要叫了，我来破你的地烈阵。"说完挺剑就刺赵天君，赵天君举剑相迎。打了有五六回合，赵天君把韩毒龙引进阵中。只见赵天君上了板台，摇动五方幡，霎时阴云密布，雷电交加，一条火龙直扑韩毒龙。韩毒龙还没明白怎么回事，就粉身碎骨，化为灰烬。

赵天君走出阵来，大声说："阐教道友，要派就派道行深的人来，不要让无能之辈再来送死了。"

惧留孙大怒，厉声责问："赵江，你用心险恶，摆出这么恶毒的阵来还说什么风凉话！看剑！"说完就刺。赵天君挥剑架开。几个回合又把惧留孙带进阵内，举起五方幡。惧留孙见势不妙，连忙把天门打开，只见一片庆云护住身体，然后取出捆仙绳往空中一抛。捆仙绳紧紧捆住赵天君，生擒活捉，就破了地烈阵。

闻太师见又破了地烈阵，赵天君被擒，催动黑麒麟就想截住惧留孙。

玉鼎真人一看，上前就把闻太师拦了下来，说："闻兄不用着急，现在只破了两阵，还有八阵在呢。本来讲好只斗法，你不会说话不算数吧。"

闻太师无话可说，只得暂且收兵回营。

燃灯道人也下令回去。

闻太师回到营中，对其他八位天君说："今天被破了二阵，还损失二位道友，我实在于心不忍啊。"

董天君说："闻兄不用难过，明天让我的风吼阵为他们报仇。"

燃灯道人回到篷内也召集众人商议怎么破风吼阵，他说："这风吼阵非常厉害，如果一运行，就会从风中射出千千万万把刀来，无法抵挡。要想破此阵，必须要来定风珠。哪位道友知道此珠？"

灵宝大法师站了起来说："我的朋友度厄真人有定风珠，他住在九鼎铁叉山的八宝灵光洞。弟子写一封信让人送去就可以借来。"

姜子牙立刻派散宜生和晁田星夜赶往九鼎铁叉山。由于有灵宝大法师的书信，度厄真人借出了定风珠。

第二天慈航道人用定风珠破了董天君的风吼阵。

接着普贤真人破了袁天君的寒冰阵；广成子破了金光圣母的金光阵；太乙真人破了孙天君的化血阵；陆压破了白天君的烈焰阵；赤精子破了姚天君的落魂阵，并取回了太极图；道德真君破了王天君的红水阵；南极仙翁破了张天君的红砂阵。

这样闻太师的十绝阵全都被破。虽然西岐损失了不少人，但军心大振，战胜闻太师的信心更足了。

大战三仙姑

　　太乙真人破了化血阵后，只剩了四阵了，闻太师觉得有点不妙，决定再请帮手，于是想到峨眉山罗浮洞的赵公明。没想到，请来后被姜子牙用姚天君对付他的方法给射死了。

　　申公豹骑着虎前往三仙岛来，给赵公明的三个妹妹去报信，煽风点火地说了一通。

　　云霄娘娘、碧霄娘娘、琼霄娘娘听说哥哥死了，都放声大哭。琼霄擦干眼泪狠狠地说："我们姐妹一定要为哥哥报仇。走，咱们这就去西岐。"说完她们跨上鸟就飞向西岐。路上正遇到菡芝仙和彩云仙子，于是结伴同行。

　　不一会五位仙姑就来到大商军营。闻太师听说后，亲自出营相迎。

　　三姐妹提出要见哥哥的遗体一面，闻太师把她们带到后营。揭开棺木一看，只见赵公明两只眼睛布满血水，心窝的血块已经凝结。三姐妹悲痛得差点晕了过去。碧霄咬着牙齿说："姐姐不必悲伤，我们也要抓住凶手，在他身上射三箭，为哥哥报仇雪恨。"

　　第二天，五位道姑一齐出来向姜子牙叫阵。

　　姜子牙骑着四不像，率领众弟子出城应战。

　　仇人相见分外眼红，琼霄骑着鸿鹄鸟，挥动手中宝剑就来刺姜子牙。黄天化一看，驱动玉麒麟，冲过来把她截住，杨戬也打马过来相助。碧霄、云霄一看也骑着各自的鸟飞了过来助战。

彩云仙子把葫芦中的戳目珠抓在手中在一旁寻找机会，突然一扬手向黄天化打去。戳目珠专门伤害人的眼睛。黄天化猝不及防，正被打在两只眼睛上，大叫一声，从玉麒麟上滚了下来。金吒迅速出手，把黄天化救了回去。

姜子牙挥起打神鞭，打中了云霄，从青鸾上掉了下来。碧霄急忙来救，杨戬放出哮天犬，一口咬住碧霄的肩膀，连衣带皮扯了一块下来。菡芝仙见势不妙，把风袋打开。霎时飞沙走石，天昏地暗，眼睛都睁不开了。姜子牙刚睁开眼睛，就被彩云仙子的戳目珠打伤，差点从坐骑上掉下来。琼霄挥剑刺来，幸亏杨戬及时保护才没被刺中。

姜子牙赶紧鸣金收兵。回到芦篷，眼睛无法睁开。燃灯忙取出仙丹来替他医治，一会儿就好了。黄天化气得咬牙切齿，发誓要报仇。

琼霄被打神鞭打伤，碧霄被哮天犬咬伤，也是怒发冲冠，报仇心切。于是云霄对闻太师说："道兄，在你营中挑选六百名士兵给我们。"

闻太师传令，立刻就选出六百名大汉。五位道姑指挥他们在后营布下黄河阵，演习了半个多月。阵型成熟之后，云霄就对闻太师说："今天我们的黄河阵已经成功了，请闻兄向姜子牙挑战。"

闻太师问："这个阵法有什么玄机呢？"

云霄回答："此阵按九宫八卦布置，藏有生死机关，包含天地之妙，有惑仙丹闭仙诀，就是神仙进去也会变成凡人。虽然只有六百人，但如果发挥其中的玄妙，就相当于百万之众。"

闻太师听了大喜，传令左右："马上起兵出营。"

五位道姑一齐大喊："姜子牙出来答话。"

姜子牙听说后，带着人马出了城。

云霄说："姜子牙，听说你会五行之术，能移山倒海，我们也会一点。今天我们排了一个阵法，你来看看。如果破了，我们马上离开西岐。如果你破不了，我们一定为哥哥报仇！"

杨戬听了笑着说："仙姑，我师叔看阵时，你不会乘机放暗器吧。"

云霄大怒，说："你以为我们像你一样，趁人不备放狗咬人？"

杨戬被说得满脸通红，只好保护姜子牙来看阵法。

等姜子牙看完阵法，云霄问："姜子牙，你敢破此阵吗？"

姜子牙回答："这有什么不敢的！"

还没等姜子牙说完，碧霄对杨戬厉声说："杨戬，你今天再放哮天犬试试？"

杨戬恼羞成怒，催马扬戟就打了过来。琼霄鸿鹄鸟上举起混元金斗，杨戬不知道这个斗的厉害，一下被一道金光吸到阵里。纵然杨戬有七十二变，也施展不出来，束手就擒。金吒一看杨戬被捉，挺剑冲了过来，琼霄挥宝剑相迎。金吒举起遁龙桩，琼霄扬起金斗，金吒连人带桩一起被吸入黄河阵中，生擒活捉。木吒见哥哥被抓，举剑向琼霄劈来，琼霄用剑挡住。木吒把肩膀一摇，吴钩剑就飞在空中。只见琼霄用斗一招，木吒躲闪不及，连人带剑也落入黄河阵中。

云霄一见姜子牙身边没人保护，也举起混元金斗来拿他。姜子牙连忙将杏黄旗一展，金光把金斗罩住，但金斗只是乱翻，就是落不下来。

姜子牙赶紧撤退，败回芦篷来见燃灯。

燃灯说："这个宝物叫混元金斗，进入斗中如果功力强会没事，如果功力浅就会有危险。"

第二天，五位道姑一齐到篷前，请燃灯答话。

燃灯同众位道人出来应对。

琼霄见燃灯坐着鹿来了，就说："燃灯道人，你手下有很多高人名士，敢破此阵吗？"

燃灯还没答话，赤精子就大叫道："琼霄道友，不要这么张狂！我就能破。"说完拿剑冲了过来，琼霄拔剑回击。云霄在一旁把混元金斗举起，一道金光，把赤精子拿住，扔到黄河阵内。

广成子见琼霄这么凶狠，举剑就砍，云霄用剑相迎。碧霄举起金斗，也将广成子拿入黄河阵内。

后来云霄用混元金斗把文殊广法天尊、普贤真人、慈航道人、道德真君、道行天尊、玉鼎真人、灵宝太法师、惧留孙、黄龙真人等十二人全部拿入阵中。如果不是燃灯跑得快，也会被拿下。

燃灯无计可施，只好到昆仑山求助。白鹤童子告诉他元始天尊已经去了西岐，燃灯赶紧回来通知姜子牙。姜子牙独自一人坐在那儿正发呆呢，听燃灯说师父要来，赶紧去迎接。

第二天，元始天尊来到阵前，白鹤童子大声说："三仙岛云霄快来接驾。"

三仙姑出来后，连忙施礼，齐声说："师伯在上，弟子无礼，还望恕罪。"

元始天尊说："三位设下此阵拿住我的弟子，这都是天意。既然来了，我就试一试吧。"说完坐着飞来椅，托着祥云进入阵中。看到十二个弟子昏睡不醒，心中很是悲痛，看完刚想转身出阵，被八卦台上的彩云仙子看见，就抓了一把戳目珠打过来。很奇怪，那些珠一到天尊眼前就化为灰尘了。云霄大惊失色。

元始天尊出来后回到篷内坐下。燃灯问："师父刚才进入阵内，看到众位道友怎么样了？"

元始天尊说："三光削去，闭了天门，已经成为凡夫俗子。"

燃灯又问："那师父为什么不破了阵法，把他们救出来呢？"

元始天尊笑着说："此教虽然是贫道掌管，但我还有师兄，要问过他才行。"

话还没有说完，只听空中有牛叫。元始天尊说："师兄来了。"连忙出来迎接。

老子乘牛从空而降，元始天尊笑着："为了周朝八百年的基业，有劳师兄了。"

老子说："这是天意，不得不来。"

第二天老子对元始天尊说；"今天就破了黄河阵吧，我们不能在红尘呆得太久。"说完上了板角青牛，来到黄河阵前。

三位仙姑铁了心要和老子作对，见了老子立而不拜。

老子说："你们不守清规，率性而为，是会遭报应的。"

三位仙姑也不答话，转身进入阵中。老子乘青牛、元始天尊乘香辇也进了阵。

琼霄见老子进阵来观望，便放起金蛟剪去剪老子。只见老子把袖口一甩，剪子就像雨水落入大海，毫无动静。碧霄又举起混元金斗，老子把风火蒲口往空中一丢，金斗就被带上了玉虚宫。

仙姑见宝物都被没收了，举剑就来砍老子。老子将乾坤图抖开，将云霄裹住，压在了麒麟崖下。琼霄拔剑刺来，被白鹤童子用三宝玉如意打死。碧霄一看就拼命了，结果也被元始天尊收入盒中化为血水。

破了黄河阵，弟子们都被救了出来。

闻太师归天

彩云仙子、菡芝仙见黄河阵被破了，回到大营向闻太师报告。闻太师知道后心中十分不安，忙向朝歌求救，又发令牌调三山关总兵邓九公前来相助。

十绝阵破了之后，燃灯只留下广成子、赤精子和慈航道人。广成子的任务是去桃花岭阻止闻太师进佳梦关，赤精子的任务是去燕山阻止闻太师进五关，慈航道人协助姜子牙，其他人都各自打道回府。

大家正走出芦篷殿，忽然云中子来了。燃灯让他炼通天神火柱，在绝龙岭等候闻太师。

燃灯安排完毕，自己也去绝龙岭助云中子一臂之力。

姜子牙把众将都调来了，准备明天与闻太师决一死战。

闻太师见十绝阵全部被破，眼巴巴地等朝歌的救兵，又期望邓九公快点来相助。正与彩云仙子、菡芝仙共同商议退兵之策时，忽然听到周营喊声震天。原来是姜子牙在营门外挑战。

闻太师大叫一声："我不拿下姜尚报仇，誓不为人。"说完跨上黑麒麟，一溜烟冲了过来。

姜子牙说："闻太师，你征战已有三年多了吧，怎么半点便宜也没捞到啊？是不是还想摆一座十绝阵啊？"

闻太师大怒，提着鞭就冲了过来。黄天化催开玉麒麟，挡住了闻太师。

菡芝仙一看到姜子牙，怒从心头起，恶向胆边生，跳过来举剑帮助闻太师，被杨戬纵马截住。

彩云仙子一看，二话不说，挺剑冲杀过来相助。哪吒登上风火轮，拦住了彩云仙子。

双方的其他战将也与各自的对手打了起来，只杀得天昏地暗，尘土飞扬。

菡芝仙卖一个破绽，伸手把风袋抖开，只见一阵黑风卷起。她不知道慈航道人早已把定风珠准备好了，黑风一下子就被定住。菡芝仙一愣，被姜子牙用神鞭打在脑门上，顿时脑浆迸裂，死于非命。

彩云仙子听到后面有响声，刚一回头，被哪吒刺中肩膀，倒在地上。哪吒又用力一刺，结果了她的性命。

武成王大战张节，越战越勇，如有神助。只听他大吼一声，把张节挑于马下。

闻太师正大战黄天化，见损失了三人，再也无心恋战，虚晃一鞭，退回营中。

姜子牙大获全胜，传令众将用过晚饭后上殿听令。众将来后，姜子牙先对黄天化、哪吒、雷震子秘密交代一番；然后命令黄飞虎领兵五千冲击商营左边，南宫领兵五千冲击商营右边；命令金吒、木吒、龙须虎冲击营门，四贤八俊随后接应；又命令辛甲、辛免、太颠、闳夭、祁公、尹公领三千人马在商营前大喊："归顺西岐，坐享安康。扶助纣王，前途渺茫。早归周地，不致身亡。"这样就能动摇商兵的军心，来孤立闻太师；接着又命令杨戬领三千人马，先烧了闻太师的粮草，使他们不战自乱。烧了粮草以后再去绝龙岭帮助雷震子。

闻太师损兵折将，在大帐中独自坐着，心情沉重，默默无言。猛然一抬头，当中的那只眼睛看到西岐城有一股杀气直冲而来。闻太师笑了，心想：姜尚今天胜了，想乘机劫我的大寨啊。马上命令："邓忠、陶荣守卫大营左边，辛环守卫大营右边。吉立、余庆带领弓箭手守卫后营粮草。我在中军，看谁敢进辕门。"

夜里将近一更时分，姜子牙把众将调出，人马暗暗到了商军营门，准备从四面攻营。

一声炮响，三军呐喊，鼓声大作，喊杀声四起，姜子牙指挥军队冲进营门。

闻太师上了黑麒麟提鞭冲了过来，大叫："姜尚，今夜我和你一决雌雄！"说完挥鞭打来，姜子牙举剑招架。

金吒往左冲，木吒往右冲，龙须虎从手中打出无数石头，密密麻麻，像暴风骤雨般飞了出去。商军哪里能招架得住？碰着非死即伤。

金吒、木吒、龙须虎攻下营门之后，黄飞虎杀进了左营，遇到邓忠、陶荣，黄家父子把二将困在中间。南宫冲进右营，几员大将把辛环包围起来。

只见灯笼火把照如白昼，斧钺钩钗火星四溅。只杀得星辰失色，愁云惨淡。

打着打着，闻太师中间的眼睛突然看到姜子牙举起了打神鞭，急忙躲避，但已经来不及了，被打中左肩膀。

那边黄飞虎和四个儿子并肩作战，勇猛无比，锐不可当。黄天化手舞兵刃，如长龙摆尾，大蟒翻身，陶荣躲闪不及，被刺于马下。邓忠一见，掉转马头就跑。

辛环见敌人太强大了，无法取胜，不敢恋战，连忙飞去保护闻太师。

杨戬杀到后营，一把火烧了粮草。只见浓烟四起，火光冲天，军心大乱。

只听四边还有人大喊："归顺西岐，坐享安康。扶助纣王，前途渺茫。早归周地，不致身亡。"商兵一听有道理啊，为什么还要为昏君卖命呢？投降吧，还会有条生路。于是有的干脆人阵前倒戈，加入到西岐的大军中来。

闻太师一看大势已去，无心再战，边战边走。辛环飞在空中保护闻太师，邓忠断后。

一夜败出有七十多里，残兵败将来到岐山脚下。闻太师收住人马，一点只有十万多一点。还损失了大将陶荣，心中苦不堪言。

邓忠问："太师，如今我们要去哪里？"

闻太师反问："这里离哪里最近？"

辛环说："这里离佳梦关最近。"

闻太师说："那我们就去佳梦关。"于是命令人马前进，目标佳梦关。

可怜这些士兵，刚被打得抱头鼠窜，哪里还有力气再跑。个个唉声叹气，怨声载道。

不一会来到桃花岭上，一看上面有一面黄旗，旗下站着一位道人。闻太师仔细一看，原来是广成子。闻太师向前奇怪地问："广成子，你在这里干什么？"

广成子回答说："我特地在这里等你啊。你违背天命，助纣为虐，陷害忠良，荼毒生灵，简直罪该万死。有我在，决不让你逃出桃花岭，受死吧！"

闻太师大怒，说："我今天不幸兵败，你欺人太甚！"说完一拍黑麒麟冲过来提鞭就打。广成子左手用宝剑架住，右手举起番天印。闻太师知道这个印的厉害，掉转麒麟往西就跑。邓忠也跟着他后面跑。

辛环在空中问："太师怕什么？"

闻太师说："广成子的番天印我招架不住，如果被打中了会没命的，赶紧跑吧，这里是过不去的。我们该往哪里跑呢？"

邓忠说："我们不如进五关往燕山去。"

闻太师只好掉转人马，改往燕山。

几天来闻太师没命地跑啊，终于到了燕山。刚想喘口气，只见山上有一面黄旗，赤精子正站在旗下。

闻太师硬着头皮上前准备冲过去，只听赤精子说："闻太师，你不用翻燕山了，这里没有你走的路。我奉燃灯之命在这里等你，不许你进五关。你从哪里来的还是回到哪里去吧。"

闻太师气得七窍生烟，大叫道："赤精子，我虽然是截教门人，但我们毕竟是同门，你为什么这么欺人太甚！我虽然败了，但不拼死与你大战一场，怎么会善罢甘休？"说完将黑麒麟一夹，快速冲了过来，扬起手中金鞭，打向赤精子。赤精子左手用宝剑一挡，右手取出阴阳镜。闻太师一看不妙，把黑麒麟一拉，跳出圈子外，往山下退去。赤精子也不追赶。

一路狂奔，闻太师又累又气，停下来直喘粗气。

辛环说:"太师,两条路既然都不通,不如我们经过黄花山进青龙关吧。"

闻太师沉默了一会说:"我不是跑不掉,完全可以借土遁回朝歌,但我不能丢下军队不管。照你说的,就进青龙关吧。"他又把人马调回往青龙关的路上。走了不到半天,就被一支人马挡住去路。闻太师一看,原来是哪吒。老远就听哪吒大喊:"闻太师,别想从这里过!这里就是你归天的地方。"

闻太师大怒,气得连第三只眼睛都冒出火来了,纵黑麒麟提鞭来打哪吒,其他人也都围了过来。哪吒扔出乾坤圈,正打中邓忠。邓忠从马上一头栽了下来,一命呜呼。

闻太师无心恋战,夺路而逃,往黄花山而去。刚到界牌,猛见前面黄天化坐在玉麒麟上正等着呢。只见黄天化一抖手,一支火龙镖从余庆的前胸穿过,余庆当场死亡。另一支射向辛环,正中他的翅膀,辛环从半空中掉了下来。

闻太师只得又跑,晚上来到一座高山前,猛然听到一阵风声,闻太师一躲闪,让过雷震子空中一棍,黑麒麟被打死。太师跌了下来,驾土遁逃走。辛环飞过来迎战雷震子,没想到被哮天犬咬住了腿,雷震子一棍打死了辛环。

又累又饿的闻太师来到绝龙岭。云中子正在那等着他呢,他举起燃灯道人的紫金钵,一下把闻太师罩住。金钵内烈焰腾腾,云中子又在外面发雷,火势凶猛。

可怜闻太师为国捐躯。

小胜邓九公

　　闻太师战死绝龙岭的消息传到朝歌后，纣王大惊，问左右文武大臣："太师阵亡，该派哪位大臣兵发西岐，给太师报仇呢？"

　　经过讨论，大家一致认为应该派三山关总兵邓九公。因为他刚刚大败南伯侯鄂顺，士气正旺，西征一定会大捷。

　　于是纣王传旨，任命邓九公为征西大元帅，火速发兵讨伐西岐。

　　邓九公接旨后，准备第二天起兵。忽然有人报告："元帅，门外有一个矮子求见。"邓九公命令让他进来，一看真矮，身高不过四尺。矮子递上书信，原来是申公豹推荐来的，叫土行孙，让他为邓九公效力。邓九公心想：申公豹怎么推荐这个人来。但碍于情面，于是叫土行孙押送粮草。

　　第二天，邓九公任命太鸾为先锋官，儿子邓秀为副先锋官，赵升、孙红为救应使，还带着女儿邓婵玉随军出征。调集人马，离开三山关往西进发。一路上旌旗招展，号带飘扬，浩浩荡荡，杀气腾腾。

　　在路上走了一个月才来到西岐，邓九公传令在西岐城东门安营扎寨。

　　姜子牙自从打败了闻太师，天下诸侯热烈响应。正在庆功时，探马来报："三山关邓九公率领人马驻扎在东门。"姜子牙听后，问："邓九公这个人怎么样？"

　　黄飞虎站了起来说："邓九公是难得的将才。"

姜子牙笑着说："阎王好打，小鬼难缠啊。"众将也都笑了起来。

第二天，邓九公召开军事会议，问："哪位将军愿意先打头阵啊？"

先锋官太鸾应声愿往，邓九公同意。于是调集人马出营，摆开阵势，命令手下人叫阵。

探马来相府报告："有人在城外请战。"姜子牙问："谁打头阵？"南宫站了起来愿打头阵，带着人马冲了出来。

南宫一看不认识，就问："来者何人？"

太鸾回答："我是三山关总兵邓元帅手下的先锋官太鸾，今天奉旨征西讨伐逆贼。你还不下马受死，等待何时？"

南宫笑着说："太鸾，你也太不自量力了。闻大师、魔家四将、张桂芳都被我们杀了，你还是回家抱孩子去吧，免得死无葬身之地。"

太鸾大怒，催开紫骅骝，挥起手中大刀劈了过来。南宫举刀招架，一场大战。来来往往打了三十个回合后，太鸾卖一个破绽，由于南宫小看了太鸾，没有在意，被太鸾随后一刀把护肩甲削去半边，南宫吓得魂飞天外，大败进城。

第二天，邓九公调集人马亲自叫阵。炮声如雷，军心大振，喊杀振天，来到城下。

姜子牙亲自迎战。城门打开，按五方阵型列队排开。

邓九公一看，不觉暗自点头，对部下说："姜尚用兵，纪律严明，井井有条，真是名不虚传啊。难怪朝廷会损兵折将，真是一名劲敌。"

说完纵马向前说："姜子牙请了！"

姜子牙也欠身答话："邓元帅请了。"

邓九公说："姬发不守君臣之道，你是昆仑山的名士，为什么也如此大逆不道？恃强叛国，大败纲常，国法何在？天子震怒，兴师问罪，你竟敢负隅顽抗，大开杀戒？今天我来，望你知难而退，早日投降。否则攻下西岐，生灵涂炭，玉石俱焚，后悔就晚了。"

姜子牙一听笑着说："邓将军，你在痴人说梦吧。现在天下归周，人心所向，所以朝廷几次发兵都是全军覆没。现在你不过区区几员大将，不足二十万兵马，你不觉得是以卵击石吗？依我看你还不如赶紧退兵，不要重蹈闻太师之辙，枉遭杀身之祸。"

邓九公大怒，对手下说："这个卖面的小人，竟敢触犯天朝大将，不杀此人怎么解气？"说完纵马挥刀来取姜子牙。

武成王黄飞虎一看，大叫一声："邓九公不得无礼！"就骑牛冲了过来。

邓九公一见黄飞虎就骂道："好你个反贼，竟敢来见我。"一刀劈了过来。黄飞虎摆兵刃相迎，两人打得难解难分。

哪吒看黄飞虎战邓九公一时不相上下，忍不住登上风火轮前来助战。邓九公的长子邓秀赶紧纵马冲了过来，两人战在一处。

随后黄天化与太鸾，武吉与赵升，孙红与黄天禄混战起来。两边士兵擂鼓助威，摇旗呐喊。只杀得山崩地裂，翻江倒海。

邓九公精神抖擞，展开大刀，勇猛无比。哪吒着急了，暗中拿起乾坤圈打了过去，正中邓九公的左肩膀，打得皮开肉绽，几乎坠下马来。

两家一场混战，各自收兵。

邓九公败进大营，疼痛难忍，大叫不止，日夜不安。他的女儿邓婵玉见父亲受伤，心中十分恼火。第二天请安时她说："爹爹，你慢慢养伤，待女儿为父亲报仇。"邓九公嘱咐女儿要小心。

随后邓婵玉带领本部人马来到城下请战。

姜子牙正与众将讨论战事，有人来报："城下有一员女将讨战。"

姜子牙听了沉默半晌，武成王说："丞相，我们打了这么多次仗，从来没怕过，今天一名女将来，为什么丞相犹豫不决呢？"

姜子牙说："打仗有三忌，道人、头陀和妇女。这三类人不是用左道就有邪术，我担心将士不小心会被她所伤。"

哪吒应声而答："师叔不要担心，弟子愿往。"姜子牙吩咐他小心。

踏上风火轮，哪吒出城一看，果然是一位女将，飒爽英姿，好不威风。

邓婵玉问："来将是谁？"

哪吒回答："我是姜丞相麾下哪吒。你一个女孩家不在闺房里学女工，在外面抛头露面，舞枪弄棒，成何体统？"

邓婵玉一听大怒，咬牙切齿地说："原来你就是打伤我父亲的仇人，今天受我一刀。"话到人到，一刀向哪吒劈来，哪吒抬火尖枪急忙架开，二人你来我往来地打了起来。打了几回合，邓婵玉想：不用绝招不行了。于是把马一拍，拖刀就走，边走边说："我打不过你。"

哪吒摇了摇头说："女子打仗就是不行嘛。"就跟在后面追。邓婵玉扭头见哪吒过来了，伸手取出五光石向哪吒打去，正中哪吒的脸上，只打得鼻青脸肿，眼冒金星，狼狈逃回相府。

姜子牙看见哪吒脸上受伤，忙问怎么了。

哪吒咧着嘴把经过说了一遍。

黄天化听了不以为然地说："作为大将在打仗时，一定眼观六路，耳听八方。一块石头就把你打成这样，真没用。要是破了相，恐怕连媳妇都找不到了。"

哪吒气得直哼哼："就你能。明天你去试试。"

黄天化说："试试就试试，我才不会和你一样呢。"

第二天，邓婵玉又来叫阵。

黄天化信心百倍地出城应战。一见邓婵玉，上下打量了一番，然后说："就是你这个黄毛丫头打伤我师兄哪吒的？拿命来！"说完就打，邓婵玉挥刀应战。

打了几个回合，邓婵玉拨马就走，边走边喊："黄天化，你敢来追我吗？"

黄天化想："如果我不追她，还不让哪吒笑死？"催开坐骑就追。

邓婵玉听脑后有声音，知道黄天化追来了，回手就是一石子。黄天化急忙躲闪时，已经来不及了，正打在脸上，捂着脸就逃回来了。

哪吒一看就乐了："你不是会眼观六路，耳听八方吗？怎么也被一个女子打得鼻青脸肿的？晦气不晦气啊？"

黄天化只有苦笑。

次日邓婵玉又来城下请战。

杨戬对龙须虎说："看来只有我们走一趟了。"龙须虎说："我打头阵，你压阵。"

二人出城，邓婵玉见城里跳出一个怪物来，吓了一跳。不管三七二十一，举石就打。龙须虎一缩头，被打中脖子，他扭头就跑，邓婵玉在后面追。

杨戬一看赶紧拦住。邓婵玉举石就向杨戬打来，正中杨戬的脸，只见火星四溅。邓婵玉不知道杨戬会七十二变，正纳闷呢，就被杨戬放出的哮天犬一口咬住脖子，连皮带肉撕去了一块。

邓婵玉大叫一声，几乎从马上掉下来，落荒而逃。

收服土行孙

邓婵玉大败进营，叫喊不止。邓九公见女儿受伤，心疼极了，恨得牙痒，但也无计可施，只好召集众将研究仗该怎么打。正在议论呢，有人来报："督粮官土行孙回来交令。"于是传令土行孙进帐。土行孙一看主帅受伤，大家垂头丧气的，就问怎么回事。邓九公把战况说了一遍。土行孙听后拿出药给他们父女敷上，真灵，药到痛除。

土行孙笑着说："当初我来投奔你，让我做什么督粮官。如果早重用我，西岐早就扫平了。"

邓九公暗想：这个人必定有过人之处。如果没有本事，申公豹决不会推荐他。于是他宣布："土行孙，我任命你为先锋官，明日出战立功。"

土行孙很高兴，第二天就挂印上阵，杀奔西岐城下，指名挑战哪吒。

哪吒来到阵前，很纳闷：怎么不见将官？就四处瞧，就是没有往下看。土行孙只有四尺高，哪吒哪里能看得到？

土行孙大叫："往哪看哪？我在这。"

哪吒往下一看，原来是个矮子，手拿一根铁棍，笑着说："人不大，嗓门倒不小。你是谁？不回去长个子，来这干什么？"

土行孙说："我是邓元帅麾下先锋官土行孙，特地来抓你。"

哪吒哈哈大笑，把枪往下一戳。咦，土行孙怎么不见了？回头一看，在后面呢。哪吒转动风火轮，再刺，土行孙又不见了。就这样土行孙上蹿下跳，把哪吒累出一身汗来。

土行孙也累得够呛，于是跳出圈子，用手拦住哪吒，说："哪吒，你高我矮，你不好发力，我也不好用功。这样，你从轮子上下来，我们比个高低。"

哪吒一想，这个家伙想找死啊。于是哪吒从轮子上下来，一枪刺过来。土行孙身子一矮，钻到哪吒胯下，举棍就在哪吒腿上打了一棍。哪吒一转身，土行孙又从后面钻过来，在哪吒屁股上打了两棍。哪吒急了，拿出乾坤圈要打他。没想到土行孙取出捆仙绳往空中一扔，一下子就把哪吒捆住，生擒活捉。

土行孙得胜回营，邓九公非常高兴。把哪吒关在后营，准备押往朝歌，向纣王邀功。

姜子牙听说哪吒被擒，吃惊地问："怎么抓去的？"

"只见一道金光，哪吒将军就被捆住抓走了。"一个士兵回答。

姜子牙心想："又遇到什么怪人了。"心中惴惴不安。

第二天，土行孙又来请战。

黄天化出城应战。好不容易找到土行孙后，大喝一声："你这个怪物，竟敢抓我师兄。"说完手中方天戟朝下就刺。土行孙也不跟他废话了，干脆抛出了捆仙绳，将黄天化捆住拿下。

回营后，邓九公高兴极了，摆酒庆贺。土行孙借着酒兴说："元帅，明天我就把姜子牙给你抓来。"

姜子牙获悉黄天化也被抓，非常震惊，半天没言语，一夜没睡。早上正犯困呢，有人来报："土行孙在城外叫阵，指名要丞相前去答话。"

姜子牙心想：我倒要会会这个土行孙。

出城后，见土行孙一蹦一跳地就过来了，大叫："姜子牙，听说你是昆仑山的高人，我特地来会会你。趁早投降，免得我多费手脚。"

众将一看土行孙那副尊容，哪里把他放在眼里，都齐声大笑。

姜子牙也乐了："看你人模猴样的，有什么本事敢来抓我？"

土行孙一听瞧不起他，不由分说，举棍就打。姜子牙用剑来挡，却够不着他。转了三五个回合，土行孙又使出捆仙绳，金光一闪，将姜子牙捆住，从四不像上掉了下来。众将官一看不妙，一齐奋勇冲出，把姜子牙抢进城去。

到相府后，众人忙来解绳子，就是解不开，用刀来割，但越割越紧，都陷到肉里了。姜子牙疼得哇哇大叫，赶紧说："不能用刀割。"

杨戬在旁边仔细地看这根绳子，发现好像是捆仙绳，正纳闷呢，忽听有人来报："丞相，外面有一位小道童求见。"姜子牙赶紧说："快请进来。"

来的原来是白鹤童子。见了姜子牙说："师叔，我奉了师尊的法旨前来送符印，用它就能将此绳解开。"说完，把符印贴在绳头上，用手一指，那根绳就松开掉了下来。姜子牙赶紧向昆仑山方向磕头谢恩，然后送白鹤童子回宫去了。

杨戬对姜子牙说："师叔，如果我没说错的话，这就是惧留孙的捆仙绳。"

姜子牙大怒："岂有此理，难道惧留孙这个老家伙来害我？"

邓九公听说土行孙差点抓住了姜子牙，非常高兴，摆酒庆贺。土行孙喝多了，有点飘飘然，大着舌头，话都说不利索了："元帅……要是早用末将……西岐……早就踏平了。"邓九公也喝多了，对土行孙说："将军如果成功了，我就把女儿许配给你。"

土行孙一听，都乐晕了。

半夜，土行孙用地行术到西岐将捆仙绳偷回来了。

第二天，土行孙高高兴兴地又来请战。

杨戬出城应战，见到土行孙举戟就刺，土行孙举棍相迎，打在一起。杨戬处处留心，看他到底怎么办。不到五个回合，土行孙拿出了捆仙绳，只见金光一闪，杨戬被捆住。

土行孙命令士兵抬着杨戬来到辕门，突然啪的一声响，杨戬掉在地下。再一看，变成了一块石头。众人大惊，土行孙也看得目瞪口呆，正疑惑不解时，突然听见杨戬大喊一声："好你个怪物，竟敢用捆仙绳来捆我，叫你尝尝我的厉害！"说完放出哮天犬。土行孙一看不妙，将身子一扭就不见了。杨戬一看，瞪大了眼睛，心想：邓九公有这样的人相助，我们取胜就难了。

回来后，杨戬对姜子牙说："师叔，我们遭到强敌了。原来土行孙会地行术，这可防不胜防啊。"

姜子牙听了也是一惊，说："还有这样的事？"

杨戬说："那天他抓师叔，据弟子看一定是捆仙绳。今天弟子被他捆住，仔细地看还是捆仙绳。待弟子去夹龙山飞云洞去一趟，问个究竟，怎么样？"

姜子牙说："恐怕来不及了，土行孙可能就要进城，我们要提防着他点。"

土行孙回来也很郁闷，杨戬会七十二变，不好对付，怎么办呢？心想：也罢，不如今夜进城杀了武王和姜尚，以免夜长梦多。于是土行孙对邓九公说："元帅，末将今夜就进西岐城杀了武王、姜尚，取二人首级回来。"

邓九公听了大喜，摆酒给土行孙饯行，准备夜间进西岐城行刺武王、姜子牙。

姜子牙听杨戬说土行孙会地行术，知道厉害，立刻进行准备。命令在相府大门上挂三面镜子，大殿上挂五面镜子，众将都在府内严加守备。

酒足饭饱，已到初更，土行孙辞别邓九公，钻进地里就不见了。

土行孙进了西岐城，到处找寻，来到姜子牙的相府，摸到寝室。一看姜子牙正睡在床上，内心一阵狂喜。拔出宝剑来到床前，一剑就刺下去。只听"扑"的一声，土行孙想拔出剑就跑。怪了，怎么也拔不出来。正奇怪呢，手一把被人抓住，接着被拽上了床。只见"姜子牙"坐了起来。啊？原来是杨戬！

杨戬哈哈大笑，霎时灯火通明，众将一齐出来，把土行孙拿住，杨戬夹着不让他着地。

姜子牙听说抓住了土行孙，大喜，传令押上来。一看杨戬夹着土行孙，就问："杨戬，你为什么夹着他啊？"

杨戬说："这个人会地行术，如果放了他，我知道他就会钻进地里跑了。"

姜子牙传令："拉出去斩了。"

突然空中有人大喊："师弟刀下留人。"姜子牙一看，原来是惧留孙。

惧留孙从祥云上下来，对姜子牙说："师弟，说来惭愧。自从破了十绝阵回去后，没有看管好捆仙绳。没曾想这个畜生受了申公豹的蛊惑，偷了捆仙绳投奔了邓九公，犯下如此滔天大罪，还望师弟恕罪。"

姜子牙一听是申公豹在捣鬼，就说："原来如此。不知者不怪，我就不杀他了。但西岐正是用人之际，土行孙要戴罪立功。"

惧留孙千恩万谢。

土行孙就这样留在了西岐。

巧收邓九公

　　土行孙归顺后，整天闷闷不乐，长吁短叹。惧留孙一看就知道有事，于是问："徒儿，你是不是有什么事瞒着我？"

　　土行孙看瞒不过师父，只好说："师父，弟子为邓九公出征后屡战屡胜，他就答应把女儿许配给我。由于他不断地催逼，弟了才仗地行之术来行刺的。如今弟子归了西岐，我那媳妇怎么办呢？"

　　惧留孙听了简直哭笑不得，掐指一算，不觉感叹："还真是一段前世姻缘，命中注定，不能不成全啊。"说完去见姜子牙。

　　姜子牙听了，为难地说："我与邓九公是敌人，怎么能成全这件事呢？"

　　惧留孙说："只要选一位能言善辩的人前往游说，不怕不成。如果成功了，邓九公也会归顺，这不是两全其美吗？"

　　姜子牙一听有道理，低头想了一会说："那就非得请上大夫散宜生走一趟才行。"于是就请来散宜生，把事情说了一遍，散宜生欣然前往。

　　散宜生出城后来到商营，对旗门官说："将军，请向邓元帅通报，就说西岐上大夫散宜生有要事求见。"旗门官一听赶紧报告。

　　邓九公听后感到很纳闷："我与他是敌人，怎么会来见我呢？一定是来劝降的。不能让他进营来惑乱军心。"就说："你对他说，我们正在打仗，不便相见。"

散宜生一听就明白了，说："两国相争，不阻来使，相见又何妨？麻烦你再去通报，我是奉姜丞相之命有要事面谈，不是来劝降的。"

旗门官只好又去通报，把散宜生刚才的话对邓九公说了一遍。邓九公皱起了眉头，旁边的太鸾上前说："元帅，一个文弱书生我们不用怕他。不如放他进来，看他说些什么，我们随机应变。如果不中听就把他杀了。"

邓九公说："你说得也有道理。"于是命令放散宜生进营。

散宜生来到大帐前，邓九公出来相迎。散宜生鞠躬行礼后说："元帅，宜生无事不登三宝殿啦。"

邓九公回礼后也客气地说："大夫光临，有失远迎，还望恕罪。"

分宾主坐下后，邓九公说："大夫，你与我如今为敌，未分高低，彼此各为其主。如果你是来劝降的，就不必费口舌了。我心已决，不会为你所动的。"

散宜生听了笑着说："元帅多疑了。我既然与你为敌，怎么会贸然拜望呢？我是为一件美事特来请求元帅，没有别的用心。"

邓九公一听愣了："我还能有什么美事？"

散宜生说："昨天我们抓住了一位将军，他说是元帅的女婿。丞相不便杀害，所以命令散宜生亲自来听取你的意见。"

邓九公一听傻了："我没有女婿啊，谁是我的女婿？"

散宜生说："元帅不必故意推托了，令婿是土行孙啊。"

邓九公一听不由得满脸通红，心中大怒，厉声说："散大夫，我是有一个女儿名叫婵玉，她幼年丧母，我视为掌上明珠，怎么会轻易嫁人？虽然到了婚嫁年龄，提亲的人很多，但我都没看上。土行孙是什么东西，我怎么会答应他呢？"

散宜生说："元帅息怒，听我慢慢讲。自古婚嫁讲究门当户对，前世缘分。那土行孙不是无名小辈，他是夹龙山飞云洞惧留孙的高徒。因为申公豹与姜子牙有怨，所以蛊惑土行孙下山来助元帅征伐西岐。昨天他师父下山抓住了土行孙，问出原委，知道元帅已经将令爱相许，有这样一段姻缘。土行孙一心一意效忠于元帅才进城行刺，想快速成功来促进这段良缘。昨天被抓住后苦苦哀求姜丞相和他的师父惧留孙，说如果这段姻缘不成功就死不瞑目。所以宜生不辞劳苦冒着风险前来拜见元帅。希望元帅能成全这段姻缘。"

邓九公听后说："大夫不要听土行孙胡说八道。土行孙确实是申公豹推荐来的，只不过是我手下的一员小将，我怎么会轻易将女儿许配给他呢？他不过是贪生怕死，大夫不要信他的鬼话。"

散宜生说："元帅不必固执了，这件事一定是有原因的。难道土行孙会平白无故地乱讲一通？我想可能是元帅摆酒庆功时，欣赏土行孙才答应的，或者是用这句来激发他的斗志才答应的。而他误以为是真的，才这样痴心妄想。"

邓九公听散宜生这么一说，马上就软了下来，尴尬地说："大夫太厉害了。当时土行孙被申公豹推荐来后，我并不看中他，只是让他做督粮官。后来太鸾失败，他毛遂自荐，第一仗抓住了哪吒，第二仗抓住了黄天化，第三次差点抓住了姜子牙。我看他屡战屡胜，就摆酒庆功。喝到尽兴处，他说如果早用他，西岐早就踏平了。那时我也喝多了酒，脱口说如果你成功了，我就将婵玉嫁给你。我也就这么顺口一说，他居然还当真了？"

散宜生又笑着说："元帅此言差矣！大丈夫一言既出，驷马难追，何况是婚姻大事，怎么能当儿戏？那天元帅说了，土行孙就信了。现在土行孙又说出来了，大家也都相信了。元帅一言九鼎，谁会相信元帅许配女儿只是权宜之计啊？再说令爱是千金之躯，如果反悔，会作为别人的笑柄，你让她还怎么见人？人言可畏啊！"

邓九公被散宜生的这番话说得哑口无言。

只见太鸾上前附在邓九公的耳边说："我有一条妙计，你就说……"

邓九公听了太鸾的话，高兴地说："大夫说得有理，我心悦诚服。不过只因小女幼年丧母，被我宠坏了，我虽然同意了，但不知道小女肯不肯。等我同小女商量后再派人给你答复，大夫觉得怎么样？"

散宜生一听邓九公这么说，只好告辞。回到城里，把邓九公的话原原本本地向姜子牙作了汇报。

姜子牙大笑，说："邓九公的诡计怎么能瞒得过我？"

惧留孙也笑着说："先看看他如何答复。"

姜子牙说："散大夫，等邓九公人来回话再作商议。"

散宜生走后，邓九公对太鸾说："刚才虽然搪塞过去了，但这件事究竟该如何处理呢？"

太鸾说："元帅不用着急，明天末将去就说小姐已经同意了。但我们是敌人，不足为信。如果姜丞相亲自到营中来提亲，表示诚意，小姐才肯信。姜子牙不来就算了，如果他一个人来，我们很容易就把他抓住。如果他带随从来，我们就设宴招待他们。事先在周围埋伏好精兵强将，元帅一摔酒杯，我们一拥而上，就能把他抓住。西岐如果没有姜子牙，就会不攻自破。"

邓九公听后大喜："你太有才了，真是神机妙算啊。明天就劳驾你走一趟了。"

第二天，太鸾来到西岐城中，进了相府，施过礼后，说："回丞相，末将今天奉主帅之命前来回话。经过元帅的劝说，小姐已经同意这门亲事。后天就是良辰吉日，元帅想请丞相和散大夫带土行孙前去完婚。这样一来显得隆重，二来可以让我家主帅有面子。不知道丞相能不能答应？"

姜子牙说："我知道邓元帅是个讲信用的人。正好可以利用这个机会，表达我们忠君爱国之心，并无背叛之意。我们后天准时来吃喜酒，请将军代为传达，姜尚感激不尽。"

太鸾告辞后出城回营，把姜子牙答应后天亲自带土行孙来的消息向邓九公汇报了一遍。

邓九公高兴极了，说："老天保佑，姜子牙真的要来送死了。"

太鸾说："元帅，赶紧布置要紧，不可掉以轻心啊。"

于是邓九公命令挑选二百精兵强将，暗藏兵刃两侧埋伏。又命令赵升带人马埋伏在左营，孙红领人马埋伏在右营，太鸾邓秀在辕门外截住众将。只要炮声一响，就杀出来接应。吩咐邓婵玉带领人马为三路策应。邓九公一切安排妥当，就等后天到来。

姜子牙送太鸾出府后，对土行孙说："后天我们一起去商营，你听到号炮一响就进去，抢出邓小姐就跑。"又命令辛甲、辛免、太颠、闳夭、四贤八俊等充作左右接应之人；雷震子、黄天化带领人马抢左哨，杀入中军接应；哪吒、南宫带领人马抢右哨，也杀入中军接应；金吒、木吒、龙须虎统领大队人马救应抢亲。

第三天终于到了，姜子牙、散宜生带着土行孙和化装成挑夫的五十名士兵，抬着几十口箱子出城，来到了商营。

邓九公早就在大营门口接应了。看到姜子牙坐着四不像，带领脚夫，不过五六十人，没穿甲没带兵刃，就乐了。迎上去一揖到地说："丞相大驾光临，未曾远迎，还望恕罪。"

姜子牙连忙回礼说："元帅过谦了。姜尚久仰大名，今日相见，荣幸之至啊。"

进来后，姜子牙给土行孙和众将使了个眼色，众人心知肚明。只见辛甲悄悄把号炮点燃，"轰"地一声，把邓九公吓了一跳，还没明白是怎么回事，只见脚夫一拥而上，取出暗藏兵器，杀上帐来。邓九公措手不及，只好转身就跑，太鸾与邓秀见势不妙，也夺路而逃。

土行孙拿起兵器就往后营跑，看到邓婵玉，就用捆仙绳捆起来押走了。

西岐大军从四面八方涌了上来。邓九公见势不好，落荒而逃。到西岐山下才收集残兵败将。一看少了小姐，不禁伤感。本想抓住姜子牙，没想到反而中计，后悔莫及。

姜子牙大获全胜，命令土行孙乘今日与邓小姐成亲。

封神演義故事

事到如今，邓小姐也只好答应，但条件是不得伤害她父亲。土行孙满口答应。

　　邓九公一看女儿已经和土行孙完婚，无可奈何，只好弃暗投明。

苏护伐西岐

邓九公归顺西岐的消息传到朝歌后，纣王大怒："邓九公深受皇恩，居然投降叛贼，实在可恨。众位爱卿，谁有良策可以讨伐逆贼，以正国法？"

话音未落，大夫飞廉上前奏道："皇上，依臣看来，这次征讨西岐，必须得派一位皇上至亲骨肉的大臣前去才能成功。冀川侯苏护是最佳人选，他定能尽心尽力，扫平西岐。"

纣王一听是自己的老丈人，很高兴，就传令苏护火速西征。

苏护知道后也很高兴，他对夫人说："我们不幸生了妲己，她居然迷惑纣王，残害大臣，使天下大乱，被人咒骂。我想带着你们投奔西岐，共享太平。然后会合诸侯共同伐纣，使我苏护不被诸侯耻笑。"夫人听了大喜。

第二天，苏护点齐十万人马，同先行官赵丙、孙子羽、陈光，五军救应使郑伦，离开冀州向西岐进发。

几天后来到西岐城下，苏护传令安营扎寨。

姜子牙在相府正在接收四方诸侯，本想请武王伐纣，没想到苏护来了，就问："早就听说这个人很会用兵。谁愿意先去会会他？"

黄飞虎请求出战，带领人马领令，出城来到商营前大叫："请苏护出来答话。"

苏护命令先行官赵丙应战。赵丙上马，提方天戟，出了营门，认得是武成王黄飞虎，就说："黄飞虎，你身为国戚，不思报国，反而造反，引起祸端，使生灵涂炭，年年征战，你可知罪吗？"说完挺戟就刺。

黄飞虎用斧子架住，对赵丙说："你不必逞强，回去请主将出来答话。"

赵丙大怒："我是奉命来捉你的！"又一戟刺来。

黄飞虎大怒："真是不知好歹。"催开神牛，手中斧子上下翻飞，把赵丙打得只有招架之功，毫无还手之力。一不留神，被黄飞虎打落马下，生擒活捉。

苏护听说赵丙被擒，低头不语。郑伦说："君侯，黄飞虎没什么了不起，等明天我把他抓来，押往朝歌邀功请赏。"

第二天，郑伦上了火眼金睛兽，提着降魔杵，在城下请战。

黄飞虎再次出征，见到一名紫脸、十分丑陋的战将，就问："来的是什么人？"

郑伦说："我是苏护手下的大将郑伦。黄飞虎你这个叛贼，百姓为你连年遭殃，你还不投降在等什么？"

黄飞虎说："郑伦你先回去，请你主将出来，我有话要和他说。你如果不知道好歹，赵丙就是你的下场。"

郑伦大怒，抢杵就打，黄飞虎用斧架开。两人大战了三十个回合，郑伦把降魔杵朝空中一摆，立刻飞来一群乌鸦兵。黄飞虎根本没想到，被乌鸦兵用挠钩搭住拽下牛来，被绑了个结实。

郑伦得胜回营来向苏护报功，请求发落。苏护命令关到后营，以后押往朝歌。

黄飞虎被俘，让姜子牙很吃惊。黄天化请求出阵，以便打探父亲的消息，姜子牙同意。

第二天黄天化骑上玉麒麟，出城挑战。

郑伦一马当先就冲了出来。

仇人相见分外眼红，黄天化轮锤就打，郑伦迎杵回击。不到十个回合，郑伦看到黄天化腰上系着丝绦，知道是个道士。心想：如果不先下手就要遭殃的。于是把杵往空中一摆，乌鸦兵又来了，像长蛇一样。郑伦鼻子里发出一道白光，伴随着轰鸣声。黄天化看见白光，听见声音就坐不住了，翻身掉了下来。乌鸦兵把黄天化捆绑起来，押往商营。

姜子牙听说黄飞化又被抓，大大吃了一惊，心中很是纳闷。

第二天郑伦又来请战。土行孙夫妇请求作战，姜子牙同意了。

郑伦见两扇城门打开，一员女将领兵出城。土行孙长得矮小，郑伦只看前面，没有看对面。

土行孙大叫："老家伙，你朝哪看呢？"

郑伦听到声音，找了半天，往下一看，才发现土行孙，于是大笑："你个小矮子来这个地方干什么？这不是送死吗？"

土行孙说："我奉了姜丞相的命令特来抓你啊。"说完一棒就打金睛兽的蹄子，郑伦急忙用杵来架开，就是够不着。几个回合把郑伦累得一身汗，心里焦躁起来，就把杵一幌，那些乌鸦兵就飞了过来。土行孙还没明白是怎么回事，就被乌鸦兵拿下，绑了起来。

邓婵玉一看丈夫被抓，冲上来就打出五光石。郑伦"哎呀"一声，脸上中石，闭着眼睛就败了回来。

苏护见郑伦受伤，就叫医生用药给他敷上。郑伦气得直哼哼，想报一石之恨。

第二天，郑伦又来请战，指名要会女将。邓婵玉要出战，姜子牙说："不行。他这次肯定是有备而来。"哪吒请战，姜子牙答应了。

哪吒上了风火轮出城应战。郑伦恐怕哪吒先下手，就把杵一摆，乌鸦兵就飞来了，都拿着挠钩套索在等着。只听郑伦对着哪吒哼了一声，哪吒纹丝不动，他没有魂魄，怎么也跌不下来。郑伦连哼第三次。哪吒也不耐烦了，把乾坤圈举在空中打了下来。郑伦无法躲避，正砸在背上，打得筋断骨折，几乎掉了下来，大败回营。

苏护看见郑伦受伤，站都站不住，就说："郑伦，我你虽是上下级关系，但情同手足。看你伤成这样，实在于心不忍。如今圣上无道，天下大乱，就要亡国。武王英明，人心所向，不如我们投降吧。"

郑伦听后严肃地说："君侯此言差矣！别人能投降，君侯是国戚，享受荣华富贵，怎么能投降呢？如今国运艰难，不思报效，反而造反，是不仁义的。郑伦认为君侯的想法是错误的，我宁愿为国捐躯，舍生取义。"

苏护说："话虽是这么讲，但顺天者昌，逆天者亡。这是大势所趋，将军不要作无谓的牺牲。做人要识时务，见机行事，才不至于后悔。"

郑伦说："君侯不要说了。如果你有归周之心，我不会反对，但必须在我死了之后。"转身回帐去了。

苏护看劝不动郑伦，就命令儿子苏全忠把黄飞虎父子请过来。苏护见到老朋友就说："我早就有归顺大周的想法，现在机会难得，可郑伦坚决不同意，你说该怎么办？"

黄飞虎说："郑伦执迷不悟，只好用计把他制服了。"

"也只好如此了。"说完设宴款待黄飞虎父子。吃完后又把他们送出大营。

黄飞虎来相府见姜子牙，把苏护想归顺大周而郑伦不同意的事说了一遍。姜子牙听后大喜，就与众将商议怎么办。

苏护父子也在商量怎么办。苏全忠说："不如乘郑伦受伤，通知姜子牙来劫营，把郑伦抓起来，任姜丞相处治。"

苏护说："这个主意虽好，但郑伦也是个好人，必须保证他的安全，不要伤了他的性命。"

正商议着呢，忽听有人来报："有一个三只眼、穿大红袍的道士要见老爷。"苏护不是道家出身，不知道是哪个门派的，就命令让他进来。

道人一看苏护连个客气话都没有，心中不快。想不进去，又怕得罪了申公豹。只好硬着头皮进来了。

苏护问："道长怎么称呼，从什么地方来，有什么见教啊？"

道士说："贫道是九龙岛声名山的吕岳，受申公豹的邀请，特地来帮助老将军共破西岐，擒拿反贼。"

正说着，只听见郑伦在里面疼得叫唤。吕岳就问："这是谁在叫苦？"

苏护回答："是大将郑伦，他被打伤了。"

吕岳说："把他扶出来，我给他看看。"

左右把郑伦扶了出来。吕岳一看，笑着说："这是被乾坤圈打的，没事，我给你治好。"说完取出一个葫芦，倒出一粒丹药，用水化敷在伤口上。奇了，郑伦一下就觉得不疼了。

郑伦伤好后，就拜吕岳为师。吕岳说："你既然拜我为师，我就助你成功。"

苏护坐在帐中，唉声叹气。心想：怎么这么倒霉！正要实行归顺大计，偏偏又来一位道士，实在可恨！

子牙战吕岳

　　郑伦拜师之后，却见吕岳不出去叫阵，就对吕岳说："师父既然说帮助我，为什么出去会一会姜子牙呢？"

　　吕岳说："我还有四位徒弟没来，等他们一来，我们就攻打西岐，助你成功。"

　　正说着，有人来报来了四位道人。吕岳说："是我的徒弟们来了。"就叫去请。

　　郑伦来到营门，见四位道士长相凶恶，一个青脸、一个黄脸、一个红脸、一个黑脸。身高都在一丈六七尺，如狼似虎。郑伦行礼后说："师父有请。"

　　四位道人也不谦让，径自来到帐前，向吕岳行礼，嘴里说："见过师父。"

　　吕岳问："为什么来迟了？"

　　青脸道士回答："因为进攻的器物还没做好，所以来迟了。"

　　吕岳对他们说："这位是郑伦，他刚拜我为师，以后就是你们的师弟。"

　　郑伦又重新向四个人行礼。然后问："四位师兄高姓大名？"

　　吕岳介绍说："这位是周信，这位是李奇，这位是朱天麟，那位是杨文辉。"

　　第二天苏护升帐，见又来了四位道士，心中十分不悦，非常懊恼。

吕岳问："今天你们四个人谁到西岐走一趟？"

周信抢前一步说："弟子愿往。"说完就精神抖擞地提剑来到城下请战。

亲兵报入相府："有一道人请战。"

姜子牙听说有道士来挑战，心想肯定又是位奇人，问："谁去应战？"

金吒站了起来，说："弟子愿往。"姜子牙吩咐要小心。

出城一看，金吒被这个红脸道士吓了一跳，心想：这人怎么长得这么凶啊。就问："来的道长是谁啊？"

周信回答："我是九龙岛的周信。听说你们仰仗昆仑之术欺负我们截教，实在可恨。今天下山一定要与你们见个高低，一决雌雄。"说完迈步扬剑杀了过来。金吒运剑招架。没几个回合，周信转身就走，金吒随后就追。周信从口袋里取出一只磬，转身对金吒连摇了三下。只见金吒的头摇了两摇，脸色立刻煞白，败进城里。

回到相府，金吒大叫："头疼死了！"姜子牙忙问怎么回事。金吒就把追赶周信的事说了一遍。姜子牙没有言语。金吒在相府昼夜叫苦。

第三天，有人报进相府："又有一位道人请战。"木吒请求应战。

木吒出城看到一位穿淡黄衣服的道人，大声喝道："你就是用左道邪术使我哥哥头疼的人吗？"

黄袍道人说："不是。你说的是我师兄周信，我是李奇。"

木吒大怒："都是旁门左道。"说完迈开大步，拔剑刺向李奇。李奇用手中剑一挡，二人战在一起。打了不到六七个回合，李奇转身就跑，木吒在后面就追。李奇突然取出一条幡，拿在手中对木吒连摇几摇。木吒打了一个寒噤，不敢再追。李奇也不理会，直接回大营去了。

木吒回城后，面如白纸，浑身上下如同火烧，心中好似油煎。解开衣服，来见姜子牙，嘴里喊着："不好了！不好了！"姜子牙大惊，急忙问："怎么回事？"木吒刚想开口，却站立不住，跌倒在地上。口吐白沫，身子烫得像炭火。姜子牙命人把他扶走后，问掠阵官："木吒这是怎么了？"掠阵官把经过说了一遍。姜子牙也不知道是怎么回事，但想肯定又是旁门左道，心中很焦急。

李奇回营后向吕岳汇报，吕岳大喜。

郑伦在旁边说："师父啊，人都没有抓住，也没杀掉，你高兴什么？"

吕岳说："你刚投本门，不知道我们宝贝的厉害。我们这个东西只要施动了，他就活不了了，何必还要动刀动枪地杀他呢。"

第四天，吕岳令朱天麟到城下叫阵。

雷震子出城应战，看见一位穿红袍的红脸道人，相貌凶恶。他大叫："哪里来的妖怪用邪术害苦了我的两位师兄？"

朱天麟一听就乐了："你也不看看你自己长的这副尊容，还说我是妖怪？告诉你吧，我是朱天麟，你又是什么怪物？"

雷震子笑着说："谅你也没什么本事。"说完就飞起来，轮起黄金棍劈头就打，朱天麟用剑招架。几个回合，朱天麟就招架不住了，掉头就走。雷震子刚要追赶，只见朱天麟用手一指，雷震子就从空中掉了下来，逃到城内，走到相府。

姜子牙看雷震子走路一瘸一拐的样子，就问："你为什么会这样?"雷震子不说话，只是摇头，然后一头栽倒在地。姜子牙仔细观看，也看不出个所以然来，心情很沉重。

　　第五天，杨文辉又来城下请战。

　　姜子牙听了很纳闷：又是一个道士! 一天换一个，莫非又是一个"十绝阵"? 心中正犹豫不决，只见龙须虎要去应战。姜子牙一再吩咐要小心。

　　龙须虎出城，看见一个穿黑袍的紫脸道人，就大呼："来者何人?"

　　杨文辉一见也是大吃一惊，心想：人家说我怪，他怎么比我还要怪啊? 还是先打吧。于是一剑刺向龙须虎。

　　龙须虎发出手中的石头，源源不断地打过来。杨文辉不敢久战，转身就走，龙须虎随后赶来。杨文辉取出一条鞭，对着龙须虎一转，龙须虎忽然转过身，向自己的人马发起石头来，打进西岐城，一直打到相府。姜子牙一看龙须虎好像疯了，忙指挥部下将他制服，捆了起来。一会龙须虎口吐白沫，瞪大眼睛不说话了。姜子牙无计可施，束手无策。

　　正在着急呢，忽然有人来报："有一位三只眼的道人请丞相答话。"

　　姜子牙传令摆队伍出城。一看是位穿大红袍服蓝脸红发的道士，睁着三只眼睛，骑着金眼驼，手提宝剑，样子很可怕。

　　见到姜子牙后，他大声问道："来的可是姜子牙么?"

　　姜子牙回答："正是。请问道兄是哪里来的啊?"

　　蓝脸道士回答："我是九龙岛的吕岳。只因你们欺负我教，所以就叫我四个徒弟小小地教训了一下你们。知道厉害的，赶紧下来受死。"说完催动坐骑，挥剑砍向姜子牙。

杨戬赶紧纵马上前挡住，哪吒也登上风火轮冲了过来，黄天化也不甘示弱催开玉麒麟杀将过来，把吕岳围在当中。

郑伦一看黄天化杀了过来，知道是苏护放跑了的，气坏了，一拍金睛兽，朝黄天化冲了过来。哪吒见黄天化被郑伦拦住，恐怕有危险，大叫："黄公子，你去打吕岳，我来收拾这个家伙。"说完就转动风火轮来战郑伦。郑伦被哪吒的乾坤圈打过一回，心里害怕，时时提防哪吒动手。

一看哪吒过去了，土行孙也不甘示弱，提着铁棍就来了。吕岳见周将越来越多，身体一摇，突然变成青脸獠牙，生出三头六臂的怪物。一只手拿形天印，一只手拿瘟疫钟，一只手拿定形瘟，一只手拿指瘟剑，另两只手各持一把剑。姜子牙一看吕岳这种怪相，吓得倒吸一口冷气。杨戬一看将马走出圈外，命令金毛童子发射金丸，一颗正打中吕岳的肩膀。黄天化回手一枚火龙镖，打在吕岳的腿上。姜子牙见吕岳受伤，举起打神鞭，一鞭把吕岳打下金眼驼。吕岳借土遁迅速逃走。

郑伦见吕岳败走，心中一慌，被哪吒的乾坤圈打中肩膀，败进营门。

神农救西岐

败回大营，吕岳在中军帐坐下，四个徒弟前来问候。周信说："没想到今天反而让他们打胜了。我们该怎么办呢？"

吕岳说："不要紧，我有办法对付他们。姜尚虽然一时取胜，但逃不掉一城的灭顶之灾。今晚我们就去洒瘟丹，不出六七天，西岐城的人就会死得精光。"说完从葫芦中取出一颗药吃了，又给了一颗给郑伦。然后命令四个徒弟，每人拿一葫芦瘟丹，在夜里跟自己借五行遁进了西岐城。吕岳把瘟丹洒在城里东南西北四个方向，到天快亮才回来。

那些瘟丹都化进了水中。天亮后，大家都起来用水，结果全部中毒，不能动弹，武王、姜子牙都未能幸免。西岐成了一座死城，只有二人没有中毒。一个是哪吒，因为他是莲花化身；一个是杨戬，他会玄功变化。

二人一看，吓傻了。哪吒说："城中只有我们二人，如果吕岳带兵来攻打如何是好？"

正说着呢，杨戬在城上看见郑伦带着人马离开商营朝这边来了。

哪吒慌了，问杨戬："大队人马杀过来了，你我二人怎么能抵挡得住呢？"

杨戬说："不要慌，我自有退兵之策。"说完拿了两把土与草，望空中一洒，喝道："变！"霎时西岐城上全是威武的彪形大汉，来来往往。

郑伦抬头一看，见城上有人马，反而比以前更多了。大吃一惊，不敢攻城，回营见吕岳去了。

杨戬的这个方法只能用一会儿，救一下眼前之急，时间不能长。哪吒正担心呢，忽然听到空中鹤叫的声音。

哪吒、杨戬一看原来是黄龙真人来了，赶紧下拜。

真人问："你师父来过没有？"

杨戬回答："家师没来过。"

正说着，玉鼎真人驾纵地金光法来了。

玉鼎真人说："没想到吕岳竟然这样丧心病狂，使西岐蒙受大难。杨戬，你火速去火云洞向三圣大师取来解药。"

杨戬领师命借土遁赶往火云洞。

到后看见一位道童，杨戬上前行礼，说："师兄，弟子是玉泉山金霞洞玉鼎真人的徒弟杨戬。今天奉师命特地来拜见三圣老爷，望师兄转达一下。"

道童打量了一下杨戬，问："你知道三圣人是谁吗，就这样随便喊老爷？"

杨戬回答："弟子不知道。"

道童说："不知者不怪。三圣是天、地、人三位皇帝主。"

杨戬又是一揖，说："多谢师兄指教，弟子真的不知道。麻烦你通报一下。"

道童进洞府去了，一会出来说："三位皇爷叫你进去。"

杨戬进了洞府，见当中一位头上长了两只角，左边一位披着叶子盖住肩膀，腰上围着虎豹皮，右边一位身穿帝服。杨戬不敢再上前，在台阶处跪下说："弟子杨戬奉玉鼎真人之命，来求解药。望圣人大发慈悲，救人于危难之中。"

当中的伏羲皇帝对左边的神农说："如今纣王失德，干戈四起。武王英明，周取代商，这是天意。申公豹想扭转乾坤，助恶为虐，邀请左道，实在可恨。御弟出手相助，也是功劳一件啊。"

神农说："皇兄说得有理。"就起身取来丹药，交给杨戬说："一共三粒丹药，一粒救武王及家眷，一粒救姜子牙及门人，一粒救西岐百姓。"

杨戬拜谢正要出洞，神农又把他叫住，出了洞府，在紫芝崖上找了一遍，忽然拔起一棵草，递给杨戬，吩咐道："你将这棵柴胡带回去，可以治疗传染病。如果再遭大难，可以将它用水煎了服下，药到病除。"

杨戬再次拜谢，带着丹药和柴胡草离开火云洞，回到西岐。他把神农吩咐的话细细地向师父说了一遍。

玉鼎真人如法炮制，用三粒丹药，救了武王、姜子牙及全城的百姓。

打死四瘟神

过了七八天，吕岳对大家说："西岐城中的人一定已经死绝了。"

苏护听了心中十分担心，暗中溜出大营来看西岐到底怎么样了。只见和原来一样，哪吒精神抖擞，杨戬气宇轩昂，城上行人有来有往，心中很高兴。心想：吕岳只不过是愚弄人罢了，我回去要好好羞辱羞辱他。他就来到中军大帐，对吕岳说："道长说西岐人全部死光了。可我怎么看到西岐非常热闹啊。人马川流不息，战将威武精神。道长不会是在戏弄我们吧？"

吕岳听了，大声说："岂有此理。"出营一看，果然如此。气得七窍生烟，命令四个徒弟："你们带五千人马，乘他们身体虚弱，赶紧杀进城中，一个也别放过。"

郑伦来向苏护调人马，苏护知道吕岳不可能破西岐，就将一万二千人马调出。周信领三千往东门杀去，李奇领三千往西门杀去，朱天麟领三千往南门杀去，杨文辉领三千同吕岳往北门杀去，郑伦在城外策应。

哪吒在城上看见商营冲出人马，正杀过来，急忙问黄龙真人："师父，如今城内空虚，只有我们四个人，怎么能护得过来呢？"

黄龙真人说："不要紧。杨戬你往东门迎敌，哪吒你在西门，玉鼎真人你在南门，贫道在北门。把门通通打开，让他们进来，我们来个瓮中捉鳖。"

刚安排好，周信就领着三千人马，杀进东门，在城里横冲直撞。一时锣鼓喧天，喊声大作。杨戬见人马全进了城，把大尖刀一摆，大叫："周信，你自寻死路，不要走，吃我一刀。"周信挥剑和杨戬打了起来。

李奇领着三千人马也杀进西门，被哪吒截住去路；朱天麟领人马杀进南门，被玉鼎真人截住了；杨文辉和吕岳进北门，只见黄龙真人骑在鹤上大喝一声："吕岳，你丧尽天良，竟叫瘟神投药！今天你是自投罗网。"

吕岳一见是黄龙真人，大喝道："你有什么能耐，竟敢讲这样的大话！"说完在金眼驼上变出三头六臂，和黄龙真人打得难解难分。

再说东门，杨戬战周信。没到几个回合，杨戬恐怕商兵会杀城中百姓，就放出哮天犬。周信躲闪不及，颈子上被哮天犬一口咬住，死死不放。周信正在挣扎，被杨戬一刀砍为两段。士兵们一看主将阵亡，拼命逃出城外。

哪吒在西门与李奇大战，李奇被乾坤圈打倒在地，哪吒上前结果了他的性命。士兵们一哄而散。

吕岳三头六臂战黄龙真人，真人打不过他，边打边退到正中央来。杨文辉大喊大叫："拿住黄龙真人！"哪吒看见吕岳正追赶黄龙真人，驾风火轮挥火尖枪就刺向吕岳。杨戬也催马赶到。

玉鼎真人在南门迎战朱天麟，打了几个回合玉鼎真人举起斩仙剑，杀了朱天麟，又来帮助杨戬、哪吒会战吕岳。西岐城内只有吕岳、杨文辉两个人了。

姜子牙大病初愈，还没复元，正在休息。旁边坐着雷震子、金吒、木吒、龙须虎、黄天化、土行孙等。突然锣鼓齐鸣，喊杀震天。姜子牙慌忙问是怎么回事。

雷震子说："我去看看。"说完展翅飞到空中，一看知道是吕岳杀进城来了。赶紧向姜子牙报告。金吒、木吒、黄天化一听吕岳来了，五人一齐冲了出去。姜子牙拦都拦不住。

吕岳正在酣战，忽然看见金吒举起了遁龙桩，正向自己砸来。吕岳魂都吓飞了，连忙一拍金眼驼，想要逃走。没想到木吒将吴钩剑举起砍了过来，吕岳躲闪不及，一只胳膊被砍了下来。吕岳大叫一声，落荒而逃。杨文辉见势不妙，也随着师父败下阵去。

吕岳没命地逃啊，来到一座山前，心有余悸地回头看看，见没人追来，就下了坐骑，靠在松树上直喘气。

杨文辉说："今天的失败，真是有辱我们九龙岛的名声啊。如今我们到哪里去找帮手来报仇呢？"

话还没说完，听得脑后有脚步声。

吕岳回头一看，不认识，站起来用戒备的语气问："来人是谁？想干什么？"

那个人回答："我是金庭山玉屋洞道行天尊的门下韦护。奉师命下山，帮助师叔姜子牙东进五关伐纣，现在这就去西岐。抓住你正好可以作见面礼。"

杨文辉听后大怒，提剑刺向韦护。韦护举起降魔杵，杨文辉根本来不及避让，正打中头顶，被打得脑浆迸裂。

吕岳见徒弟被杀，心中大怒，挥剑砍来。韦护又举起降魔杵，吕岳认得这是什么东西，知道它的厉害，迅速借土遁驾黄光逃走了。

韦护见吕岳逃走了，也不追赶，收了降魔杵，奔西岐而去。

姜子牙正在指挥打扫战场，门官通报："丞相，有一位道人求见。"姜子牙忙命令请来。

韦让进来后倒身下拜，说："师叔，弟子是金庭山玉屋洞道行天尊门下的韦护。奉师命来帮助师叔，共创大业。弟子中途曾经遇到吕岳和另外一个道人，和他们交手，被弟子用降魔杵打死了一个道人，不知道叫什么名字，吕岳让他给跑了。"

姜子牙大喜。

171

殷洪倒戈

殷洪奉师父赤精子之命下山帮助姜子牙伐纣,路上收服了庞弘等四将共三千人马。他将三千人马改作官兵,打着西岐旗号,离开山寨。一天,队伍正走着,忽然看见一个道人骑着老虎走来。大家惊恐万状,高声尖叫。

那个道人说:"不要怕,这只虎是家虎,不伤人的,麻烦你通报殿下,说有一位道士求见。"

士兵赶紧向殷洪报告:"千岁,有一名道长求见。"

殷洪听说是同道之人,赶紧命令请来相见。

不一会,只见一位白面长须的道人飘然而来。进帐向殷洪一拱手。殷洪赶紧还礼,问:"道长高姓?有什么指教?"

道人说:"你的师父与我是同一教派,我是玉虚门下申公豹。"

殷洪以施礼,说:"原来是师叔!"

申公豹问:"师侄这是要到哪里去啊?"

殷洪说:"我奉师命往西岐帮助武王伐纣。"

申公豹一听,厉声说道:"岂有此理!纣王是你的父亲,天下哪有儿子讨伐父亲的道理?"

殷洪曰:"纣王无道,天下反叛。周取代商是天理,天意不可违。"

申公豹笑着说:"你受人愚弄了。纣王再无道,也是你的父亲啊。况且他以后的江山是谁的?还不是你的吗?如今你帮助武王伐纣,如果成功了,你家祖庙就会被他人所毁,社稷被他人所占。你以后死了，在九泉之下怎么有脸面去见你的列祖列宗啊？"

殷洪被申公豹这么一说，有点心动了。于是低头不语，默默沉思。半天才说："师叔的话虽然有道理，但我已经对我师发过毒誓。"

申公豹问："你发过什么毒誓？"

殷洪说："我发誓说，如果有三心二意，就天打五雷轰，粉身碎骨，不得好死。"

申公豹大笑："这是什么毒誓？是人终究要死的。就听我的，改变想法，前去伐周。以后一定会成就一番大业的，也不辜负了祖宗社稷的期望和我的一片真心。"

殷洪这时已经完全相信申公豹的话，把赤精子的话丢到了脑后。

申公豹又说："如今西岐有冀州的苏护在征讨，你去与他合兵一处，我再请一位高人来帮助你成功。"

殷洪迟疑了一会，说："苏护的女儿妲己将我母亲害死了，我怎么能与仇人的父亲在一块。"

申公豹说："父亲与女儿是两码事，你何必介意呢？再说你一旦得了天下，他们将任你处置，又何必在乎一时呢？"

殷洪感激地说："师叔的话很有道理。"

申公豹说服了殷洪就跨虎而去。

殷洪又改成大商的旗号，来到了西岐。果然看见苏护的大营扎在城下。于是命令庞弘去叫苏护来接驾。

庞弘在营前大叫："殷千岁驾临，冀州侯快来接驾。"

军政司报告给苏护："君侯，营外殷殿下的军队来到，传令君侯去见。"

苏护一听，心想：天子的两个殿下早就失踪了，怎么又冒出个殿下？再说我是奉旨征讨，身为统帅，谁敢令我去见？就吩咐："你去将来人带来。"

军政司出来把庞弘带到中军帐。苏护一见庞弘一脸的凶恶，就问："你是从哪里来的兵，是哪个殿下命你来这儿的？"

庞弘回答："我是二殿下殷洪的部下，他命令末将来请老将军。"

苏护听了心想：想当年，殷洪、殷郊绑在绞头桩上问斩，突然被一阵风给风刮不见了。怎么会又有一个二殿下殷洪？

郑伦对苏护说："君侯，当时那阵风刮得很奇怪，可能是被哪一位神仙救走了。现在见天下大乱，战火四起，特来保护国家，也不是不可能的。君侯到他行营里去看看不就知道是真是假了吗？"

苏护觉得有道理，就出了大营，来到至殷洪的营门。庞弘进营答复殷洪："殿下，苏护在营门外等候。"殷洪听后就命令进来。

苏护、郑伦来到帐中行礼。苏护说："末将见过殿下。请问殿下是圣上的哪一支宗派啊？"

殷洪说："孤是当今皇上的嫡亲次子殷洪。因为父王听信谗言，把我们兄弟绑在绞头桩上想要杀我们。老天有眼，海岛高人将我们救了，所以此次下山帮助你们。其他就不必多问了。"

郑伦听后，一拍额头说："真是天不灭我，洪福齐天啊！"

殷洪下令苏护合兵一处，然后坐上统帅的位置上，问："这几天有没有和武王交过手，胜负如何啊？"

苏护就把前前后后的大战详细地说了一遍。

殷洪一听大怒："明天我亲自出战，生擒活捉姜子牙。"

殷洪挑战姜子牙

第二天，殷洪换成王服，率领众将出营请战。

姜子牙立刻就得到消息。他问黄飞虎："纣王儿子不多，怎么会有一个带兵的殿下？"

黄飞虎回答："以前殷郊、殷洪被绑在绞头桩上，突然被风刮去了，可能现在回来了。末将认得他，去看看就知道真假。"

父子五人一齐出来了。黄飞虎一看这位殿下穿着王服，左右有四员大将，还有郑伦为护卫使，军纪严明，队伍整齐。于是问："来的是什么人？"

殷洪离开黄飞虎十多年了，也没想到黄飞虎会归顺西岐，所以一时没认出来。于是回答："我是当今圣上的二殿下殷洪。你是什么人？竟敢叛乱？今天我来征讨，快快下马投降，以免我动手。要是惹恼了我，让你西岐寸草不留，人迹全无。"

黄飞虎听他这么说就答道："我非别人，正是开国武成王黄飞虎。"

殿下暗想：这里难道也有个黄飞虎？然后把马一纵，挥戟来打。黄飞虎催动神牛，手中钢枪相迎。两人打在一起。

打了有二十个回合。黄飞虎往来如飞，枪法如风驰电掣。殷洪招架不住了，庞弘一见走马来助。黄天禄纵马摇枪冲上来敌住庞弘；刘甫舞刀飞来，被黄天爵截住厮杀；苟章见众将助战，也冲杀过来，被黄天祥截住；毕环使铜杀过来，被黄天化举双锤接住。

殷洪眼看打不过黄飞虎，虚掩一戟就走，黄飞虎在后面追赶。殷洪取出阴阳镜，把白光一晃，黄飞虎立刻滚下神牛来，被郑伦冲到阵前抢了过去。黄天化见父亲被抓，拼了命来救父亲。殷洪见黄天化坐的是玉麒麟，知道是道士，恐怕被他所害，忙取出镜子，白光一晃，黄天化就跌了下来，也被抓了。

苟章欺负黄天祥年幼，不以为意，却被黄天祥一枪刺中左腿，败回行营。

殷洪头一仗就擒获两将，马上收兵得胜回营。

黄家父子五人出城，被擒了两个，只剩三个回来。姜子牙大惊，询问缘故。黄天爵说："那个人用镜子一晃，父亲与哥哥就掉下坐骑。"姜子牙十分不悦。

殷洪回到营中，命令把擒来的二将抬来，用镜子红的半边一晃，黄家父子睁开眼睛。见身上已被绳子捆住，黄天化只气得七窍生烟。

黄飞虎说："你不是二殿下。"

殷洪喝道："你凭什么说我不是?"

黄飞虎说："你如果是二殿下，怎么会不认得我武成王黄飞虎? 当年我在十里亭前放你，又在午门前救你，你不记得了吗?"

殷洪听了，呀的一声："你原来就是大恩人黄飞虎。"说完亲自帮黄飞虎解开绳索，又命令放了黄天化。

殷洪问："你为什么投降了大周?"

黄飞虎弯腰行过礼后说："殿下，老臣是被逼无奈啊! 纣王无道，欺辱臣妻，摔死臣妹所以才弃暗投明，归顺大周。况且现在三分天下已有二分归周，天下八百诸侯无不臣服。纣王罪行累累，这殿下是知道的。今天殿下释放我们父子，真是莫大的恩惠。"

郑伦在一旁急忙阻止："殿下，不能轻易放了黄家父子。这一回去，就是放虎归山啊。望殿下明察。"

殷洪笑着说："黄将军以前救过我们兄弟的命，今天理应报答。今天放过一回，下次抓住就当以正国法。"说完叫手下取来衣甲还给他。并说："黄将军以前的恩情今天已经报过了，以后我们互不相欠。再有相逢，就不要怪我不客气了。"

黄飞虎谢恩出营回相府参见姜子牙，把事情的经过说了一遍。姜子牙大喜："正所谓吉人自有天相啊。"

次日，殷洪率领众将来城下点名请姜子牙答话。

探马报入相府，姜子牙说："今天会殷洪，我看看到底是面什么样的镜子？"传令排队响炮出城。

殷洪在马上把画戟一指姜子牙说："姜尚，你为什么要造反？你也曾是大商的臣民，辜负皇恩，实在可恨。"

姜子牙弯腰行礼后说："殿下此言差矣！作为君主应当爱护大臣，关心百姓，采纳忠言。怎么能残暴肆虐、滥杀无辜，使天下百姓流离失所、困苦不堪呢？心生叛逆，完全是因纣王无道而起。现在人心已归大周，殿下又何必逆天而为呢？"

殷洪听了大怒："谁给我把姜尚拿下？"

庞弘大喝一声，挥舞两根银锏冲了过来。哪吒登上风火轮，摇枪迎战。刘甫出马来战，被黄天化拦住厮杀。毕环助战，又被杨戬截住。

姜子牙同殷洪打了三四个回合，举起神鞭来打殷洪。他不知道殷洪穿了紫绶仙衣，打在身上就像没打一样。姜子牙大惊，忙收了打神鞭。

哪吒战庞弘，举起乾坤圈，一圈将庞弘打下马，又一枪结果了他。

殷洪见庞弘被杀，大叫一声，丢下姜子牙，急忙来战哪吒。

杨戬同毕环打了几个回合，放出哮天犬，咬了毕环一口，毕环痛得哇哇大叫，杨戬一刀砍来，他措手不及，死于非命。

殷洪一看毕环也死了，忙取出阴阳境，朝哪吒一晃。殷洪不知道哪吒是莲花化身，不是血肉之躯，怎么晃也没用，只好收起来又战。

杨戬看见殷洪拿着阴阳镜，慌忙对姜子牙说："师叔快退后，殷洪拿的是阴阳镜。刚才弟子看见打神鞭也伤不着他，一定是有宝物防身。"

姜子牙听后，忙命邓婵玉帮助哪吒。邓婵玉立刻打出五光石。殷洪正与哪吒大战，没防备邓婵玉打来的石子，正打在脸上，被打得鼻青脸肿，大叫一声，拨马就跑。哪吒一枪刺来，正中后背。多亏了紫绶仙衣，殷洪毫发未损。哪吒大惊，不敢再追。

姜子牙获大胜回城。来到相府，杨戬对姜子牙说："师叔，殷洪拿的阴阳镜是师伯赤精子的。弟子这就去趟太华山，问问是怎么回事。"姜子牙同意了。

杨戬离开西岐，借土遁来到太华山，进了云霄洞，见到赤精子行礼后说："师伯，姜师叔让弟子来借阴阳镜，打败商朝大将后就还。"

赤精子惊讶地说："我让殷洪带下山去帮助子牙伐纣了呀。难道他没说有宝物在身？"

杨戬说："师伯，弟子正是为殷洪而来。现在殷洪没有归周，反而在讨伐西岐。"

赤精子听了，捶胸顿足，带着哭腔说："我看错人了，将洞里的宝贝全部给了殷洪。没想到这个畜生反而闯了大祸。"又对杨戬说，"你先回去，我随后就到。"

杨戬辞别了赤精子，借土遁回到西岐，进相府对姜子牙说："殷洪果然是师伯的徒弟，师伯随后就来。"姜子牙焦急地盼望赤精子快来。

过了三天，赤精子来了。见到姜子牙就赔礼道歉："师弟啊，都是贫道的错。我让殷洪下山是想帮助你进五关的，所以把宝贝都给他了。不知他听了什么人的教唆，中途改变了念头。没想到他辜负了我，反生祸乱。明天我就把他拿来赔罪。"

第二天，赤精子出城，来到商营大叫："辕门将士，快进去传话，让殷洪出来见我。"

殷洪正在疗伤，恨得咬牙切齿。忽然军士来报说有一名道人在叫，随即上马，带刘甫、苟章出了营。一看是师父，无地自容，只好弯腰行礼，说："参见师父。弟子甲胄在身，不能行大礼。"

赤精子说："你在洞中是怎么对我讲的？如今反伐西岐是

什么道理？你忘了曾经发过的毒誓吗？现在下马，随我进城赎罪还来得及。否则大难临头，后悔就晚了。"

殷洪说："师父，请允许弟子解释。殷洪是纣王的儿子，怎么反过来帮助武王呢？俗话说子不言父过。更何况是反叛而弑父呢？即使是神仙，也要讲伦理纲常的。作为师父教弟子，且不说能成佛成仙，也不能教儿子杀父亲啊！"

赤精子一听大怒："你这个畜生竟然不听师父的话！"说完扬剑就刺，殷洪一连让了三剑。第四剑刺来，殷洪火了起来："看在你是师父的分上，我让你三剑，这一剑我就不让了。"说完，举剑还手。打了几个回合，殷洪把阴阳镜拿了出来，赤精子知道厉害，立刻借纵地金光法跑了。

进了西岐城来到相府，赤精子垂头丧气地说了事情的经过。

众人不服，都说："道长，你也太软弱了，哪有徒弟敢与师父对打的？"

赤精子无言可答，大家也毫无办法。

收服马元

殷洪见师父逃走了，高兴得忘乎所以。正在中军帐与苏护共议破西岐之策，忽然有人来报："有一位道人求见。"殷洪传令："请进来。"

只见营外来一名道人，身高不满八尺，面如瓜皮，獠牙大口，身穿大红道袍，脖子上戴一串用人头骨做的念珠，腰上挂一个用半个人脑袋做的金镶瓢，眼耳鼻中向外冒火，像蛇吐信子一样。殷洪和众将都看得毛骨悚然。

那位道人走上前，低头施礼，问："哪一位是殷殿下？"

殷洪回答："我就是殷洪，不知道长来自哪里？到这里有何事吩咐？"

道人说："我是骷髅山白骨洞的一气仙马元。受申公豹的邀请下山助你一臂之力。"

殷洪大喜，请马元坐下，问："道长是吃斋还是吃荤啊？"

马元说："我吃荤。"

殷洪传令摆下酒宴，款待马元。

第二天，马元对殷洪说："贫道既然来相助，今天就去会会姜尚。"殷洪表示感谢。

马元出营来到城下，请姜子牙出来答话。

姜子牙一听城外有一位道人请战，心想：不知道又是哪位奇人来了。于是带领各位将领出城应战。

大家一看，吓了一跳，这是从哪里来的怪物？姜子牙用手一指，问："这位道长是谁？"

马元回答:"我是一气仙马元。受申公豹的邀请下山来助殷洪,共破逆贼。姜尚,听说你阐教高妙,我特来抓你给截教出气。"

姜子牙说:"申公豹与我有怨。殷洪就是误听了他的话才背叛师门,逆天行事,帮助无道昏君反对有道之君的。道长是高人,为什么不顺应天意呢?"

马元一听笑了:"殷洪是纣王的亲生儿子,你反而说他逆天行事,这不是笑话吗?照你这么说帮助你们来反对他的父亲才是顺天应人?姜尚,亏你还是玉虚门下,自称是道德之士呢!简直是满口胡言,无父无君之辈,我不杀你,更待何人?"骂完一剑刺来,姜子牙挥剑还击。

打了几个回合,姜子牙举起打神鞭打了过来,马元一伸手抢过鞭子,收在豹皮囊里,姜子牙大惊。

忽然一个人来到阵前,大喊一声:"丞相,我来了!"姜子牙一看,是秦州运粮官猛虎大将军武荣催粮回来了。

武荣见城外厮杀,所以前来助战。一马当先冲到马元跟前,展刀就砍。马元抵不住武荣的这口大刀。只震得虎口发烫胳膊发麻,渐渐难以坚持。只见马元口中念念有词,说声:"快!"忽然从脑袋后面伸出一只手来,五个指头好像五个斗大的冬瓜,把武荣抓在空中,望下一摔,然后用一只脚踩住武荣的一条大腿,两只手抓住另一条腿,一撕两半。用手一掏,血淋淋取出心脏来,当着姜子牙他们的面,放进嘴里"喳喳"地在咬,吞到肚子里,大叫:"姜尚,这就是你的下场。"

众将吓得魂不附体,这简直就是魔鬼!

吃完，马元又拿着剑前来挑战。

土行孙大叫："马元，少要行凶，我来了。"轮开大棍就打。

马元一看是个矮子，就乐了："你来做什么？回家长个子去吧。"

土行孙说："特地来抓你。"说完又是一棍打来。

马元大怒，挥剑就往下劈。土行孙身子灵活，一下就钻到马元的身后，提起铁棍打在马元的大腿上。马元一转身，腰上又挨了一棍，把马元打得哇哇大叫。只见他嘴里又念念有词，伸出那只神手，抓起土行孙往下一摔。马元再看地下，土行孙没了。马元心想：可能是摔狠了，怎么连个影子都看不到了？

邓婵玉在马上看到马元把土行孙摔不见了，忙取出五光石一甩打了出去。马元正在找土行孙呢，猝不及防，脸上中了一石，打得眼冒金星，把脸一抹，大叫："是什么人在暗算我？"

杨戬一看机会来了，纵马舞刀直取马元。马元一边揉眼睛，一边挺剑来战杨戬。杨戬的刀法快如闪电，马元招架不住，只得又念念有词，那只神手又出来了，一把将杨戬抓在空中，往下一摔。也像撕武荣一样，把杨戬的心取出来吃了。

然后用手一指姜子牙说："今日且饶你多活一夜，明天再来吃你。"

姜子牙回到府中，暗想：马元这么凶残，竟然生吃人心，从来没见过这样的怪人。杨戬虽有七十二变，不知道能不能逃过。始终放心不下。

回营后，殷洪见马元本领高强，还吃人心，这么凶猛，心中很高兴，就大摆酒宴庆功，一直喝到半夜。

殷洪突然看到马元双眉紧皱，汗流如雨，说问："道长这是怎么了？"

马元说："肚子里有点疼痛。"

郑伦说："可能是吃了生的人心，所以肚子痛。喝点热酒冲一冲就会没事的。"

马元命人取来热酒喝了，只觉得越喝越痛，最后忍不住大叫一声，倒在地下乱滚，嘴里在叫："痛死我了！"还听到肚子里骨碌碌地响。

郑伦说："道长肚子里有响声，到茅房里方便方便，说不定就没事了。"

马元只好到茅房里去方便了。

哪知道这是杨戬用一枚奇丹让马元泻了三天。只泻得马元筋疲力尽，瘦了一半。

杨戬回来后把事情的经过向姜子牙讲了一遍。姜子牙听说马元大伤元气，没有六七天不能恢复，大喜。正在说呢，忽然哪吒来报："文殊广法天尊驾至。"

姜子牙、赤精子急忙迎接。礼毕落座，文殊广法天尊说："恭喜你呀，子牙公！金台拜将的好日子快到了。"

姜子牙叹了一口气说："现在殷洪背叛师门，帮助苏护征伐西岐，日夜不宁。又来了个马元凶恶肆虐，我是如坐针毡啊。"

文殊广法天尊说："子牙公，贫道就是听说马元来伐西岐，恐怕耽误你三月十五日拜将的好日子，所以来这里收服他的。子牙公可以放心了。"

姜子牙大喜："能有道兄相助，姜尚有幸，国家有幸啊。但不知道用什么方法能治他？"

天尊附在姜子牙的耳边说："要想降服马元，必须是如此如此，方能成功。"

听后，姜子牙忙传令杨戬这么这么办。杨戬得令走了。

当天下午。姜子牙骑着四不像，一个人在商营门外东看看，西瞧瞧，好像是个探子，还用剑指这指那。

巡哨的探马赶紧向殷洪报告："禀殿下，姜子牙独自一人正在大营前探听消息。"

殷洪问马元："道长，这个人今天如此模样探我行营，是不是有什么奸计？"

马元说："前天误中杨戬的奸计，使贫道元气大伤。今天我把他抓来才能消除心头大恨。"说完出营。

见到姜子牙正在转悠呢，马元大叫："姜尚不要走，我来了！"快步上前举剑来刺姜子牙。姜子牙掉头就跑。马元一心想抓住姜子牙，怎么肯轻易放过，随后就追。

马元追到一座山前，转过山坡，姜子牙突然不见了。马元跑得筋疲力尽，腿肚子发酸，天色也已晚了。他靠在树上直喘粗气，休息了一会，正准备回去。突然山顶上传来一声炮响，惊天动地。随后一片喊杀声，地动山摇，灯笼火把亮如白昼。

马元抬头一看，只见山顶上姜子牙和武王在马上喝酒，两边将校大叫："今夜马元已落圈套，死无葬身之地。"马元听了大怒，跳了起来，提着宝剑就上山来了。等到了山上一看，火把一晃，姜子牙不见了。马元再向下一看，只见山脚四面八方被围了起来，还有人叫："马元跑不了！"马元大怒，又赶到山下。一看，人又不见了。再抬头看，人又到了山顶上。

就这样，马元跑上跑下，两头追赶，跑了一夜，一直到天亮。把马元累得都虚脱了，肚子饿得咕咕叫，对姜子牙恨得咬牙切齿，恨不得马上抓住他吃掉，才能解恨。但眼下只能先回营了，等破了西岐再和姜子牙算帐。

马元离开高山，往前刚走了一段，就听到山凹内有人叫唤："疼死我了！"声音很凄凉。马元听到有人喊叫，急忙转下山坡，见一个女子躺在那儿。马元一见大喜，拔出宝剑刺中女子，剖开肚皮，用手去掏心，左掏右摸，怎么也捞不着心。用两只手进去摸，发现肚子里只有一腔热血，没有五脏。马元正疑惑不解时，只见一位道人坐在梅花鹿上拿着剑过来了。

马元一看是文殊广法天尊，想抽出双手，没想到肚皮竟然一下子长好了，手也被长在里面拔不出来了。马元急了，用脚踩住女人身子去蹬，两只脚也长在那女人身上了。马元无计可施，动弹不得。

文殊广法天尊举剑正要结果了马元，听脑后有人叫："道兄剑下留人！"广法天尊回头一看，原来是西方教主准提道人。

准提道人说："天尊，这个人与我们西方有缘，贫道想把他带走。道兄慈悲，贫道感激不尽。"

广法天尊一听，满心欢喜：“道兄带走是最好不过的了，免得我开杀戒。”

就这样，马元被准提道人带到西方去了。

殷洪命绝

广法天尊回到相府，将打神鞭还给姜子牙，把事情的经过详细地说了一遍。姜子牙大喜。赤精子却双眉紧锁，对文殊广法天尊说："如今殷洪倒行逆施，恐怕误了子牙拜将的日期，如何是好？"

正担忧呢，忽然杨戬来报："慈航师伯来见。"三人听了连忙出府迎接。

慈航道人和众人行过礼，姜子牙问："道兄这次来，有什么指教啊？"

慈航说："贫道专门为殷洪而来。"

赤精子听了大喜，就问："道兄用什么制服他呢？"

慈航道人问姜子牙："当时破十绝阵的太极图在吗？"

姜子牙回答："还在。"

慈航说："要想抓住殷洪，需要赤精子道兄出马，将太极图如此如此，就能除掉这个祸害。"

赤精子听了，心中有些不忍，考虑到姜子牙拜将的日期已近，恐怕误了期限，只能如此了。于是对姜子牙说："这还要子牙公去才能成功。"

殷洪见马元一去不复返，心中很着急，就对刘甫、苟章说："马道长一去杳无音信，一定不是好兆头。明天与姜尚进行决战，看能不能取胜，再刺探一下马道长的消息。"

郑伦说："不进行一场大战，就不能成大事。"

次日早晨，商营大炮响亮，杀声大震，殷洪率大队人马出营，来到城下大叫："请姜子牙出来答话！"

左右报入相府，慈航道人对姜子牙说："今天道兄出战，我们三人一定助你成功。"

姜子牙不带其他人，独自领一支人马出城，用剑指着殷洪大喝："殷洪，你不从师命，大逆不道，今天离粉身碎骨的时候不远了，现在悔之晚矣。"

殷洪大怒，纵马摇戟来取姜子牙。姜子牙用手中剑接招相迎，打了几个回合，姜子牙掉头就走。不进城而是落荒而走，好像是慌不择路的样子。殷洪一边追赶，一边命令刘甫、苟章率领部队跟过来。

姜子牙往东南方向跑，殷洪在后面追。姜子牙往正南方向跑，殷洪还是在后面追。

赤精子看到自己的徒弟赶来，鼻子一酸，不禁老泪横流，悲痛万分，毕竟跟了自己十几年了。他摇了摇头说："畜生啊畜生！今天这个下场，完全是你咎由自取的，你死后不要怨我。"说完把太极图一抖放开。这张太极图是包罗万象的宝贝。只见它化作一座金桥，姜子牙把四不像一纵，上了金桥。

殷洪赶到桥边，见子牙在桥上用手指着他说："你敢上桥来与我大战三百回合？"

"连我师父在这里我都也不怕，还怕你小小的幻术吗？我这就来！"殷洪说完，把马一纵，就上了太极图。

殷洪上了图后，觉得自己昏昏沉沉、恍恍惚惚的。思想不能集中，以前的往事历历在目，心里想什么，眼前就出现什么，如做梦一样。心里想：莫非这里有伏兵？果然见伏兵杀过来。大杀了一阵子，霎时就不见了。想姜子牙，霎时姜子牙就来了，两人又杀了一阵。忽然想起朝歌，与亲生父亲相会。眼前就出现朝歌，还到了午门，在西宫看见了黄娘娘正站着，殷洪下拜。忽然又到馨庆宫，看见杨娘娘站立，殷洪喊了一声姨母，杨娘娘不答应……这就是太极四象变化无穷之法，心里想什么东西，什么东西就能看见；心里担心什么事，什么事就来了。只见殷洪手舞足蹈，在太极图中，如醉如痴。

赤精子看着他徒弟的表情，十几年来的付出，怎么会想到有今天？

只见殷洪走到路的尽头，出现了他的亲生母亲姜娘娘。她大声呼喊："殷洪，你看我是谁？"殷洪抬头一看，原来是母亲姜娘娘。殷洪不禁大声说："母亲，孩儿不会是与你在冥中相会吧？"姜娘娘说："冤家，你不从师父的话，要保无道的昏君，讨伐有道的明君。还发毒誓，愿意受罚。当初的誓言'粉身碎骨'就要应验了。你今天上了太极图，就要尝到粉身之苦了。"殷洪听了，急得直叫："母亲救我！"忽然姜娘娘不见了。殷洪慌作一团。又见赤精子，他大叫："殷洪，你看我是谁？"殷洪看见师父，哭着说："师父，弟子愿意保武王灭纣，师父救命啊！"赤精子说："这个时候后悔已经迟了，你已经触犯天条。不知道你见了什么人，让你违背了誓言？"殷洪说："弟子因为相信了申公豹的话，才背叛师父。望师父慈悲，给我一线生机，再也不敢不听你的话了！"

赤精子听了，还有留恋之意，只见半空中慈航道人叫道："天命如此，怎么敢违抗？不要耽误了他进封神台的时辰。”

赤精子含悲忍泪，只好将太极图一抖，卷在一起。提在手里半天，一咬牙，再一抖，太极图打开了。一阵风，殷洪连人带马，粉身碎骨，化作灰烬飘走了。

苏护听说殷洪死了，郑伦、刘甫、苟章不知去向。就与儿子商议，他说：“我马上写一封信，你射进城里去，明日请姜丞相劫营，我们先进西岐城去。这件事不能再耽误了。”

苏全忠说：“要不是吕岳、殷洪，我们早就进西岐城多时了。”

苏护忙修书一封，让苏全忠将信穿在箭上射进城里。

南宫将军正在巡城，看见箭上有信，知道是苏护的，忙取下来到相府，将信递给姜子牙。姜子牙拆开一看，大喜。

次日午时发令，命黄飞虎父子五人作前队，邓九公冲左营，南宫冲右营，哪吒压阵。

郑伦与刘甫、苟章逃了回来，见到苏护说：“殷殿下不幸遭到毒手，现在必须禀告圣上，请求支援，才能成功。”苏护敷衍了一下：“等明天再说吧。”

苏护悄悄收拾好东西，连夜进了西岐城。

二更时分，一声响炮，黄飞虎父子冲进营来，左有邓九公，右有南宫，三路齐进。

郑伦急忙上了火眼金睛兽，提了降魔杵往大门来，正好遇到黄家父子五个，不由分说大战在一起，难解难分。

邓九公冲左营，遇到刘甫。南宫进右营，正遇上苟章。两路人马杀了起来。

西岐城门大开，大队人马前来接应，只杀得天翻地覆。

邓九公与刘甫大战，刘甫不是邓九公的对手，被邓九公一刀砍下马来。

南宫战苟章，展开刀法，苟章招架不住，拨马就走，正遇黄天祥，冷不丁被黄天祥一枪挑在马下。

众将把商营杀得土崩瓦解，只剩下郑伦一人力战众将。邓九公一把抓住郑伦的袍带，提了过来，往地上一摔。两边士兵一拥而上，把郑伦捆了起来。

第二天，苏护要求见姜子牙。姜子牙传令："有请。"

苏家父子一见子牙，就要行礼，姜子牙说："请起。我早就听说君侯是讲大义、识时务之人。如今弃暗投明，是真英雄。姜某佩服。"

苏护说："我们父子多有得罪之处，承蒙丞相厚爱，实在羞愧啊。"

彼此客套一番后，姜子牙传令："把郑伦押上来。"

郑伦被推了上来，见姜子牙立而不跪，怒目圆睁。

姜子牙说："郑伦，你以为有多大本领，竟然屡屡对抗。如今被擒，为什么不屈膝求生，竟敢无礼？"

郑伦大喝道："姜尚，我与你是敌人，不能生擒你们这些叛逆押往朝歌，以正国法，是我的不幸。如今被擒，只有一死罢了，又何必多说？"

姜子牙命令左右："既然这样，我就成全你。来啊，推出去斩首。"士兵把郑伦推了出去。

只见苏护向前跪下说："丞相，郑伦违抗天威，理应正法。但这个人很讲义气，还是可用之人，况且他有奇术，一将难求啊，丞相。"

姜子牙扶起苏护，笑着说："我知道郑将军讲义气，是可用之人。刚才是用激将法，希望君侯能够劝他归顺我大周。"

苏护听了大喜，就来到领命出府至郑伦面前。对他说："郑将军，你为什么执迷不悟呢？我说过识时务为俊杰。如今纣王天怒人怨，与天下人为仇。你在前方拼死厮杀的时候，他却正在花天酒地。这样的昏君，你还在为他卖命，不为天下人耻笑吗？刚才姜丞相让我来劝你，他都不计较，你还计较什么？"

郑伦被苏护一番话说得如梦初醒，愿意归顺大周。

至此，苏护讨伐西岐，以姜子牙的全面胜利而告终。

张山伐西岐

纣王听说苏护投降大周，一下子就瘫倒在座位上，喃喃地说："苏护是皇亲国戚，享尽荣华富贵，怎么也会反呢？心痛啊。"

苏妲己听说苏护反了，怕圣上迁怒于她，就来到纣王的面前，双膝跪下，泪如雨下，泣声说："妾在深宫蒙受皇恩，感激不尽。不知道父亲听了什么人的唆使，竟投降叛逆，罪大恶极。希望陛下将妲己斩首，以谢天下。"说完泣不成声。

纣王见妲己泪流满面的样子，实在可怜，不觉动了情，用手将妲己扶起，劝道："皇后在深宫，你父亲反叛，怎么能知道？不要哭了。即使朕的江山全部失去了，也与爱卿没有关系。"

妲己谢恩，破涕为笑。

第二天纣王升殿，召集文武大臣说："苏护叛朕归周，实在可恨。谁愿意替孤伐周，将苏护等叛臣押解京城，以正其罪？"

只见上大夫李定上前说："陛下，姜尚足智多谋，是个强劲的对手，所以一定要选得力的大臣才能一举击败西岐。所以臣推举三山关总珍张山。他善于用兵，谨慎而有谋略，一定能胜任。"

纣王听后大喜，立即命传诏送往三山关。

张山接完圣旨，布置好有关事宜，任命钱保、李锦为左右先行官，马德、桑元为副将，率领十万人马，奔向西岐。

一路上人喊马嘶，浩浩荡荡。不一日来到西岐北门。张山传令安营扎寨，支起中军帐。张山召开军事会议，说："姜尚是智谋之士，不可轻敌。何况我们远道而来，要加倍小心。今天暂且休息，明天再作安排。"

姜子牙在西岐每天与众人商议拜将的事。这天突然探马来报："商朝有人马在北门安营，主将是三山关总兵张山。"

姜子牙听后，忙问邓九公："张山用兵怎么样？"

邓九公说："张山是一名勇将。"

正说着，又报："商营有人请战。"

姜子牙问："谁去走一趟？"

邓九公说："末将愿往。"

领兵出城，见一位将领骑在马上。邓九公一看，看出来是钱保。就说："钱将军你先回去，请张山出来，我和他有话要说。"

钱保指着邓九公大骂："你这个反贼！纣王有什么事辜负你？朝廷拜你为大将，宠爱有加。你反而不思报恩，却投降叛逆，真是狗都不如，还有什么脸面立于天地之间？"

邓九公被骂得满面通红，大怒："钱保，别不自量力！你有什么能耐，敢出此大话？你比闻太师怎么样？他也不过如此。趁早受我一刀，以免三军受苦。"

说完纵马舞刀直取钱保。钱保手中刀急架相还，二人就战在一起。

三十回合，钱保根本不是邓九公的对手，被邓九公一个回马刀，劈于马下，得胜回城。姜子牙大喜，摆宴庆贺。

张山听说钱保被邓九公杀了大怒。次日，亲临阵前，指名要邓九公答话。

邓九公挺身而出，女儿邓婵玉压阵。

张山一见邓九公，来到阵前，大骂道："你个反贼！国家并没有亏待你，而你忘恩负义，投降敌国，简直死有余辜。现在还不投降，等待何时？"

邓九公说："你既然是大将，就应该知天时，识人事。可惜你穿的是人的衣服，做的是畜生的事。"

张山大怒，摇枪就取。邓九公挥刀迎面砍来，二人大战起来。

大战三十回合，邓婵玉见父亲刀法渐乱，于是扬手打出五光石，把张山的脸打伤。

张山败进大营，脸上受了伤，看来是打不过西岐的，该怎么办呢？

智收大鹏

张山心中正着急呢，忽然有人来报："营外有一名道人求见。"张山传令请来。

只见这位道人头挽双髻，背着一口宝剑，到大帐行过礼。看到张山脸上的伤，问："张将军脸上怎么有伤啊？"

张山说："昨日于阵前打仗，我被一名女将暗算了。"

道人忙取出乐饵敷搽，立刻就不疼了。

张山忙问："老师从什么地方来？"

道人说："贫道从蓬莱岛来，名叫羽翼仙，特来助将军一臂之力。"

张山一再感谢道人。

第二天，羽翼仙来到城下，请子牙答话。

报马报入相府："城外有一道人请战。"

姜子牙说："原该有三十六路征伐西岐，已经来了三十二路，还有四路没到，我还是要出去啊。"

忙传令排五方队伍，一声炮响，出了城门。姜子牙一拱手说："道友请了！请问高姓大名，今日到这儿，有什么吩咐？"

羽翼仙说："贫道是蓬莱岛的羽翼仙。姜子牙，我来问你，你不过就是昆仑门下元始天尊的徒弟，你有什么资格骂我？还要拨我的翎毛，抽我的筋骨。我与你根本就没有瓜葛，你怎能这样欺负人？"

姜子牙说："道友，不要随便错怪他人。我与道友根本就不认识，我怎么可能说那样的话？从何说起呢？请道友三思。"

羽翼仙听后低头沉思，然后对姜子牙说："你的话虽然有理，但这句话未必是无缘无故来的。希望你以后说话要好好斟酌，不要随便乱说。否则，我不会善罢甘休，你去吧！"

姜子牙刚想走，哪知道哪吒听了大怒："你这个道人真是蛮横不讲理！竟敢如此放肆，藐视我师叔？"蹬上风火轮，摇枪刺来。

羽翼仙笑着说："原来你就是仗着这些孽障斗狠，才敢欺负人的！"说完移步持剑相交，枪剑并举，两人打了起来。黄天化也催玉麒麟，挥舞双锤，双人战道人。雷震子一展风雷翅，飞到空中，手中黄金棍往下打来。土行孙倒拖镔铁棍，来打道人的下三路。杨戬纵马舞三尖刀也前来助战。把羽翼仙围在中心。上三路雷震子，中三路杨戬、哪吒、黄天化，下三路土行孙。

哪吒见打羽翼仙必须得先下手，于是举起乾坤圈打了过来，正击中羽翼仙的肩胛。道人把眉头一皱，正要转身逃走，被黄天化回手一颗钻心钉，打穿了右臂。土行孙在下面也狠命地打他的腿。杨戬放出哮天犬把羽翼仙的脖子咬了一口。羽翼仙到处吃亏，大叫一声，借土遁逃走了。

羽翼仙吃了这么多的亏，恨得把牙一挫，走进营来。张山来迎接，说："道长，今天误中了奸计，道长反而被他伤着了。"道人说："不要紧，我只是没有防备才中了他们的着。"说完忙从花篮中取出丹药，用水吞下一粒，一会儿就好了。羽翼仙对张山说："我以慈悲为怀，不肯伤害众生。他们今天反而来伤害我，是他们自取杀身之祸。"又对张山说："再拿点酒来，你我痛饮，到夜深人静的时候，我让整个西岐化为火海。"张山大喜，忙拿酒款待。

姜子牙得胜进府，与各位将领商议军情。忽然一阵风，把檐瓦刮下好几片来。姜子牙连忙焚香，取金钱占卜吉凶。排下卦来一看，把姜子牙吓得魂不附体。慌忙沐浴更衣，朝昆仑山方向下拜。拜完，姜子牙披着头发拿着剑，口中念念有词，移北海之水来救护西岐，把城郭罩住。昆仑山玉虚宫元始天尊，早知道详情，在琉璃瓶中取三光神水，洒向北海之上，又命令四偈谛神，把西岐城护牢，不能晃动。

羽翼仙喝到一更时分，出了辕门，现了本像，原来是一只大鹏金翅鸟。张开翅膀，飞到空中，把天也遮黑了半边。

大鹏在空中望下一看，见西岐城被北海水罩住。羽翼仙不觉笑了起来："姜尚，你太老土了，真不知道我的厉害。我只要稍微用点力，连四海都顷刻被扇干，区区一海之水又算得了什么？"

羽翼仙展开双翅，用力一扇，没反应，又扇了七八十下，不仅没干涸，而且越扇越涨。他哪知道有三光神水在上面啊。羽翼仙自一更天开始，一直扇到五更天，那火差不多都要把大鹏的脚给烤熟了。这一夜用尽了气力，也没有成功，不禁大惊："如果再迟延，恐怕到天亮会让张山看到，那就无脸见人了。"

想罢，展翅飞起，来到一座山洞前，见一位道人靠在洞边坐着。羽翼仙心想，不如把这个道人抓来充饥，再作打算。大鹏刚想扑下来，道人用手一指，大鹏"啪嗒"一声跌下地来。道人揉了揉眉毛，不满地问："你真不讲理！为什么来伤害我？"

羽翼仙说："实不相瞒，我去伐西岐，腹中饿了，本想借你充饥，没想到道友仙术精奇，得罪了。"

道人说："你腹中饿了，问我一声啊，我当然会指点你去找吃的。你怎么不管三七二十一就来害我？真是无礼。也罢，我就告诉你，离这二百里，有一座山名叫紫云崖，有三山五岳四海的道人，都在那儿吃斋呢。你快去，慢了恐怕就吃不到了。"

大鹏赶紧道谢："多谢指教。"说完展开双翅，腾空而起。霎时就到了，现出仙形后一看，只见高高矮矮，三五个一团，七八个一处，都是四海三山的道士来赴斋。又见到一个小童来来往往送东西给众道人吃。

羽翼仙走上前说："道童请了，贫道是来赴斋的。"

那个童儿听了，"呀"的一声说："道长要是来早点就好了，现在已经没有东西了。"

羽翼仙说："怎么偏偏我来就没有东西了？"

道童回答："来早了就有，来迟了东西就已经给吃了，怎么会再有？必须到明天才有。"

羽翼仙说："你狗眼看人低，我偏要吃。"

两人就吵了起来。

只见一位穿黄衣的道人上前问道童："你为了什么事在这里与人争论？"

童儿说："这位道长来迟了，一定要吃斋，都已经没有了，所以就争了起来。"

那个道人说:"童儿,你还有没有面点心?"

童儿答道:"点心还有,但斋没有了。"

羽翼仙说:"点心就点心吧,快点取来。"

那童儿忙把点心拿了过来,递给羽翼仙。

见羽翼仙一连吃了七八十个,那童儿说:"吃饱了吗?"

羽翼仙说:"没有,还得再吃得几个。"

童儿又取几十个来,羽翼仙共吃了一百零八个。

羽翼仙吃饱了,谢过斋,又现本像飞起来,往西岐而去。再从那个洞府经过时,道人还坐在那,望着大鹏,把手一指,大鹏"啪嗒"一声又跌下地来。跌得差点连肠子都断了,满地打滚,大叫:"痛死我了!"

道人起身慢慢走到他面前问:"你刚才去吃斋,为什么吃成这样?"

大鹏回答:"我吃了些面点心,肚子就疼了。"

道人说:"那就吐了吧。"

大鹏真的去吐了,这一吐不要紧,就刹不住车了,连绵不绝,就像一根绳子,将大鹏的心肝锁住了。大鹏觉得不妙,等停止吐时,又觉得心疼。大鹏惊恐万状,知道坏了,正想转身时,只见这个道人把脸一抹,大喝一声:"你这个孽障!你还认得我吗?"

原来这个道人是灵鹫山元觉洞燃灯道人,道人骂道:"孽障!姜子牙奉玉虚之命,扶助圣王,平定祸乱,拯救百姓,讨伐昏君。你为什么助恶为虐?"于是命令黄巾力士:"把这只孽障吊在大松树上,等姜子牙伐了纣王,那时再放不迟。"

大鹏连忙哀求:"老师大发慈悲,赦免弟子。弟子愚昧,被别人唆使才这么做的。今后再也不敢与西岐作对。"

燃灯说:"你在天皇时就得道,怎么连好坏都不分,真假也不识,还听旁人唆使?真是可恨,决难恕饶。"

大鹏再三哀告:"可怜我千年功夫,望老师垂怜。"

燃灯说:"你既然肯改邪归正,就必须拜我为师,我才能放你。"

大鹏连忙喊道:"愿拜你为师,修成正果。"

燃灯说:"既然如此,我就放了你。"

用手一指,那一百零八个念珠就从大鹏肚子里吐了出来。

大鹏跟燃灯道人往灵鹫山修行去了。

殷郊收三怪

　　九仙山桃园洞的广成子，因为犯了杀戒，在洞中静坐。忽然白鹤童子来了，奉着玉虚符说："姜子牙不久就登台拜将了，命令各门人到西岐山饯别东征。"广成子谢恩，打发白鹤童子回玉虚洞去了。

　　广成子一下子想起了殷郊。如今姜子牙东征，正好打发殷郊下山，可以帮助姜子牙东进五关。一则可以见他家之故土，二则可以捉妲己，报杀母之深仇。于是就喊殷郊。

　　殷郊正在洞后，听师父呼唤，忙来到面前，见师父行礼。

　　广成子说："现在正当武王东征，天下诸侯相会于孟津，共伐无道。正是你报仇雪恨之日，我派你前去助周，你愿意去吗？"

　　殷郊听了说："老师，弟子虽然是纣王的儿子，但与妲己有不共戴天之仇。父王听信谗言，诛妻杀子，母死无辜，此恨时时在心，刻刻挂念，终身难忘。今天师父大发慈悲，让弟子下山，正求之不得。如果不去，岂不是白在天地间走一趟？"

　　广成子说："你去桃园洞外狮子崖前寻找兵器，我再传给你一些道术，你好下山。"

　　殷郊听了，连忙出洞往狮子崖来寻找兵器。只见白石桥那边有一个洞，像王公大臣的宅院。殿下心想：这个地方我以前怎么从来没到过呢？这有一座桥，我过去看看就知道了。于是来至洞前，忽然那两扇门不推自开，只见里面有一张石几，几上有热气腾腾的六七颗豆子。殷郊拿一个吃了，觉得甘美香甜，非同一般。他把豆子全部吃了，忽然想起寻找兵器来，慌忙出洞，过了石桥，回头一看，洞府不见了。殿下心中正疑惑不解，忽然觉得浑身骨头响，左边肩膀上冒出一只手来，殿下大惊失色。只见右边又冒出一只手，一会儿长出三头六臂，把殷郊只吓得目瞪口呆，半晌无语。只见白云童子来前叫："师兄，师父有请。"殷郊一会觉得神清气爽，面如蓝靛，发似朱砂，上下獠牙，还多生了一只眼睛。

他晃晃悠悠地来到洞前。广成子一见拍手叫好："奇妙，奇妙，太奇妙了！仁君有德，天生异人。"叫殷郊进桃园洞来。广成子把方天画戟交给他，说："你先下山去西岐，我随后就来。"又取出番天印、落魂钟、雌雄剑，都给了殷郊。

殷郊立即拜别广成子下山。

广成子又把他叫住，说："徒弟，你先别走，我有件事对你说。现在我将所有的宝贝都给你了，你一定要顺天应人。一旦东进五关，就辅助周武王讨伐纣王，不能改念头。否则，老天惩罚，那就悔之晚矣。"

殷郊曰："师父放心。周武王是明德圣君，我父亲是残暴昏君。弟子怎么会辜负师父呢？弟子如果变心，必遭受黎锄之灾。"

道人大喜，殷郊拜别师尊，借土遁往西岐而去。正走着呢，忽然觉得有道光飘落在一座高山了。落下一看山势雄伟险峻，突然听到树林里一声锣响，见一个人，蓝脸、红发，骑着红砂马，穿着金甲红袍，有三只眼，提两根狼牙棒，飞奔上山。见殷郊三头六臂，也是三只眼，大叫："长三个头的是什么人，竟敢在我的山前探望?"

殷郊回答:"我不是别人，正是纣王太子殷郊。"

那个人连忙下马跑拜在地，说:"千岁，您为何会从白龙山上经过?"

殷郊说:"我奉师命往西岐去见姜子牙。"话还没说完，又有一个人戴扇云盔，穿淡黄袍，拿点铁枪，骑白龙马，面如白粉，三绺长须，也奔上山来，大叫:"你是什么人?"

蓝脸的说:"快来见殷千岁!"

那人也是三只眼，滚鞍下马，跑拜在地，二人齐声说:"请千岁上山到寨中相见。"

三人步行到了山寨，进了中堂。二人将殷郊扶在正交椅上，倒身头再拜。

殷郊忙扶起问:"二位高姓大名?"

那蓝脸的回答曰:"末将姓温名良，那白脸的姓马名善。"

殷郊说:"我看二位仪表非凡，都有英雄之志，为什么不一道和我去西岐立功，助武王伐纣呢?"

温良问:"千岁为何反助周灭纣?"

殷郊回答:"大商气数已尽，大周王气正盛。何况我父得罪于天下，今诸侯应天顺人，以有道伐无道，以无德让有德，这是常理，天下难道永远是我家的吗?"

马善:"千岁说得对。我们愿意跟着您。"

于是殷郊吩咐喽啰改作周兵，随即起兵，离了白龙山，奔西岐而去。

殷郊反师门

殷郊带着大队人马正走着，有喽啰报："有个骑着老虎的道人要见千岁。"

殷郊一听，忙吩咐左右旗门官："先把人马停下，请来相见。"

道人下虎进帐，殷郊忙下来作揖，说："道长是谁，从什么地方来？"

道人说："我是昆仑门下申公豹。殿下想要到哪里去？"

殷郊说："吾奉师命，往西岐投拜大周，姜师叔不久要拜将，助周伐纣。"

申公豹笑着问："我问你纣王是你什么人？"

殷郊回答："是我的父王。"

申公豹说："自古以来，世间哪有儿子帮助外人，而讨伐父亲的道理？这是大逆不道啊！你是太子，江山马上就是你的了，你怎么能拱手让人呢？我见你身上藏有奇宝，能夺天下、保天下。眼下应当是讨伐大周，建立基业才是长策。"

殷郊说："师父说的虽然很对，但天数已定。再说这是我师父的吩咐，我不能违背。"

申公豹又说："殷殿下，你说姜尚有德，何以见得？"

殷郊说："姜子牙为人公平正直，礼贤之士，仁义慈祥，是君子。"

申公豹说："殿下有所不知，殿下的胞弟殷洪，本来也是下山助周，没想到姜子牙嫉贤妒能，以为要抢他的功劳，竟将殿下亲弟用太极图化成飞灰，是这君子所为吗？"

殷郊听后大惊："道长说的可是真的？"

申公豹说："天下人都知道，我怎么会骗你？实话对你说，如今张山现在就在西岐驻扎人马，不信你去问，如果殷洪没有这事，你再进西岐不迟。如有此事，你应当为弟弟报仇，我再请一位高人来助你一臂之力。"说完申公豹跨虎离去。

殷郊非常疑惑，带着人马继续赶往西岐。

一路上殷郊在想：我弟弟与姜尚无仇，怎么会将他这样处治，一定没有这回事。如果是真的，我与姜尚势不两立，必定为弟弟报仇。

这天，来到西岐。果然见有一支人马打着大商旗号在此驻扎。殷郊命令温良去问是不是张山。

张山自从羽翼仙离开后一直没有回来，就派人打听，还是没有下落，正纳闷呢，忽然军政官来报："营外有位大将，请元帅迎接千岁大驾，不知是什么缘故？请元帅定夺。"

张山听后心想：殿下早已失失踪，这位是从哪儿来的？忙传令来见。温良进营后，张山问："将军从什么地方来，有什么事吗？"

温良回答："我奉殷郊千岁的命令，叫你前去相见。"

张山对李锦说："殿下失踪已经很久了，怎么这儿会有殿下？"

李锦说："恐怕是真的，元帅去见见，就知道了。"

张山觉得有道理，就同李锦来到营前。温良先进营回话，对殷郊说："千岁，张山到了。"殷郊说："叫他进来。"

张山进营后，看见殷郊三头六臂，相貌凶恶，左右站立的温良、马善，都是三只眼。吓得哆哆嗦嗦地问："殿下，请问你是商朝的哪支宗派啊？"

殷郊说："我是当今长殿下殷郊。"然后把失踪的往事说了一遍。

张山一听，高兴极了，赶忙再施礼。

殷郊问："你可知道二殿下殷洪的事？"

张山回答："二千岁因为讨伐西岐，被姜尚用太极图化作灰烬多日了。"

殷郊听了大叫一声，昏倒在地。众人扶起来，他放声大哭："弟弟果然被恶人所杀。"说完跳起来，将一枝令箭折为两段，狠狠地说："如果不杀姜尚，就如同此箭。"

第二天殷郊亲自出马，指名只要姜尚出来。

报马报给姜子牙："城外有殷郊殿下请丞相答话。"

姜子牙率队出城，一看对面的这个人三头六臂，青面獠牙，左右二将站着温良、马善，各持兵器。

哪吒暗笑：三个人九只眼，多了一个半人。

殷郊打马到阵前："叫姜尚出来见我！"

姜子牙向前问："你是什么人？"

殷郊大喝道："我是太子殷郊。你把我的弟弟殷洪用太极图化作灰烬，此恨怎么能消？"

姜子牙不知其中的缘故，应声说道："他自寻死路，与我有什么关系？"

殷郊听了，大叫一声，几乎气昏，大怒道："好你个姜子牙！还说与你无关？"说完纵马摇戟来打姜子牙。哪吒一看，蹬上风火轮，挥动火尖枪就刺殷郊。

没打几个回合，哪吒被殷郊用番天印打下了风火轮。黄天化见哪吒失手，催开玉麒麟，挥舞两柄银锤，截住了殷郊。左右救回哪吒。

黄天化不知殷郊有落魂钟，殷郊一摇动，黄天化就跌了下来，张山上前将黄天化拿了，等到被绳子绑上，黄天化才知被捉。

黄飞虎见儿子被擒，催开五色神牛来战。殷郊也不答话，又一摇落魂钟，黄飞虎坐不住也掉下神牛，被马善、温良捉去。

杨戬在旁边看到殷郊有番天印、落魂钟，担心伤到姜子牙，急忙鸣金收兵。

姜子牙带着队伍进城回到相府。杨戬上前说："师叔啊，太奇怪了。弟子看殷郊打哪吒的是番天印，这是广成子师伯的，怎么到了殷郊手里了？"

姜子牙说："难道是广成子派使他来打我。"

杨戬说："殷洪的事，师叔难道忘了吗？"

姜子牙这才醒悟。

殷郊把黄家父子押到中军帐里。黄飞虎细细观察，这也不像殷郊啊。

殷郊问："你是什么人？"

黄飞虎说："我是武成王黄飞虎。"

殷郊奇怪地问："西岐也有武成王黄飞虎？"

张山在旁边说："这就是天子殿前的黄飞虎。他反了五关，投降了大周，是叛逆。今天被擒，真所谓'天网恢恢，疏而不漏',是他自找的。"

殷郊听了，边忙下来亲自解开绳索，说："恩人，当年如果不是将军，我怎么能有今天？"然后一指黄天化问："这个人是谁？"

黄飞虎回答："这是我的儿子黄天化。"

殷郊传令也放了。接着对黄飞虎说："当年将军救了我们兄弟二人，今天我放你父子，以报当年的救命之恩。"

黄飞虎表示感谢后，就问："千岁当时被风刮走，后来到了什么地方？"

殷郊不肯说，担心泄了机密，就含糊其辞地说："那天是一位海岛的仙家救了我，后来就在山上学业。现在下山特地来给我弟弟报仇。今天我已经报过将军的大恩，如果以后打仗碰上，希望将军能回避。否则再被抓就不会客气。"

黄家父子告辞出营，来到相进府来见姜子牙，把事情的经过说了一遍。姜子牙大喜。

第二天，探马来报："有位将领请战。"

邓九公请战，领兵出城。看到一员大将举着白马长枪，穿着淡黄战袍。就大声问："来的是谁？"

马善说："我是大将马善。"

邓九公也不通报姓名，纵马舞刀冲了过来。马善挥枪迎面相迎，两人打了起来。

杀了十几个回合，邓九公刀法精湛，马善抵挡不住，邓九公左手用刀架住马善的枪，右手抓住他腰上的皮带，用力一提，马善就被生擒活捉。

邓九公押着马善来到相府见姜子牙，马善毫无畏惧，站着就是不跪。

姜子牙大怒:"推出去斩了。"

南宫手起刀落,马善的脑袋就掉了下来,突然马善的颈上又冒出一颗脑袋。南宫以为眼睛花了,揉了揉,又一刀将马善的脑袋砍了下来,突然又冒出一颗脑袋来。南宫大惊,忙向姜子牙报告。

姜子牙听了也是大惊,亲自动手,还是那样。接韦护用降魔杵砸,哪吒、金吒、木吒等人用三昧真火烧,都不能杀死马善。马善乘火光一起,大笑:"我走了!"说完就不见了。

大家面面相觑,目瞪口呆。

收复神灯

跑了马善，大家都闷闷不乐。

这时杨戬对姜子牙说："弟子去趟九仙山打探一下，看是怎么回事。再到终南山去向云中子师叔借照妖镜，看看马善到底是什么东西。"姜子牙同意。

杨戬离开西岐，借土遁先到九仙山。不一会就来到桃园洞，广成子见杨戬来了，就说："我叫殷郊下山帮助姜子牙伐纣，他的三头六臂发挥作用了吧？"

杨戬说："师叔，殷郊不反朝歌反而打起西岐来了。他用师叔的番天印打伤了哪吒等人。弟子特地来打听是怎么回事。"

广成子听了，大叫："这个畜生不听我的话，恐怕要大祸临头了。我把洞内的珍宝都给了他，没想到会是这样。杨戬你先回去，我随后就来。"

杨戬离开九仙山，就到了终南山。见到云中子后说："师叔！现在西岐来了一个名叫马善的人，怎么也杀不死，不知道是什么怪物。弟子特地来借师叔的照妖镜用一用。等除掉这个妖怪就送来还给您。"

云中子听后，就把宝镜交给杨戬。

杨戬离开终南山就回到西岐，到相府向姜子牙汇报。

第二天，杨戬上马提刀来到阵前请战，指名要马善出来。

马善来到阵前，杨戬悄悄用宝镜一照，发现是一根灯芯。然后装模作样地打了几个回合就回来了。

　　杨戬把结果向大家一说，韦护就接过话去："我知道世上有三盏神灯，玄都洞八景宫一盏，玉虚宫一盏，还有灵鹫山一盏，莫非是其中一盏神灯在作怪？"然后对杨戬说，"师兄再到这三个地方去看看就知道了。"

　　杨戬欣然前往，先来到玉虚宫，看见白鹤童子就问："师兄，你们洞中的琉璃灯是否点着？"白鹤童子回答："点着哩。"杨戬想不是这里。

　　离开玉虚宫，杨戬就来到灵鹫山，进了元觉洞拜见燃灯，一看灯不亮，就说："琉璃灯灭了。"燃灯抬头一看见，灯果然是灭的，"呀"地一声："这个孽障跑了。"杨戬就把事情的经过说了一遍。燃灯说："你先去，我随后就来。"

　　杨戬辞别燃灯，回来把事情的经过向姜子牙作了汇报。

　　姜子牙很高兴。正说着，有人来报："广成子到。"姜子牙出门迎接。

　　广成子一见就感到很愧疚，说："贫道没想到殷郊会反，给老弟添麻烦了，真是抱歉！我这就去把他招来谢罪。"

　　随后广成子出城来到商营前大喊："快让殷郊出来见我。"

　　殷郊听说有位道长在营大喊大叫，心想：该不会是师父来了吧。

　　于是走出大帐，来到营门口一看，果然是广成子。

　　广成子看到殷郊穿着王服，大喝道："畜生，你不记得下山前我是怎样对你说的吗？你为什么改变了念头？"

　　殷郊哭着说："师父，你听弟子讲。那天弟子下山收了温良、马善，中途遇到申公豹，他劝弟子保纣伐周。弟子怎么肯违背师命呢？弟子知道父亲残暴不仁，因而得罪了天下人。但我的弟弟还小，他有什么罪过？姜子牙竟然用太极图将他化为灰烬。这是德高望重的人做的事吗？这是宽厚仁慈的人做的事吗？师父反倒要指责我，是什么居心？"说完放声大哭。

广成子说："殷郊，你不知道申公豹与姜子牙有仇，他是骗你的，不能相信。这件事怪你弟弟违背天意。"

殷郊说："申公豹的话固然不可信，但我弟弟的死怎么就是天意了？如果不是姜子牙，我弟弟怎么会走到太极图中去遭受酷刑惨死？师父说得真好笑。你回去吧，等弟子杀了姜尚，为弟弟报了仇，再说东征的事。"

广成子说："你还记得发下的誓言？"

殷郊说："弟子当然知道，但就是应验了，死也甘心。"

广成子大怒，拔出剑来就刺。殷郊用剑架住说："师父真是没有道理。你为了姜尚竟然和弟子翻脸，实在是偏心。"广成子又一剑劈来，殷郊说："师父何苦为了他人而不顾自己人？这就是师父所说的天道人道吗？"广成子说："这是天意，你如果不醒悟，违背师训，会遭杀身之祸的。"说完又一剑砍来。殷郊急得满面通红，说："你既然对我无情，就不要怪我无义。"说完反手一戟刺来，师徒二人大战了起来。

还没四五个回合，殷郊拿出番天印打了过来，广成子一下子慌了，借纵地金光法逃走了。

来到相府，大家看到广成子脸色不对，忙问怎么回事。广成子羞愧地把事情的来龙去脉讲了一遍。正说着，门官来报："燃灯道长来了。"姜子牙和广成子忙出府迎接。

燃灯对姜子牙说："连我的琉璃灯芯也来找你的麻烦，真是天意啊。"说完附在姜子牙的耳边嘀咕了一阵子。

　　第二天，姜子牙单人独骑出城，指名要马善出来。

　　马善出来后也不答话，举枪就刺姜子牙，姜子牙挥剑相迎。打了几个回合，姜子牙调头就跑。不往城里而是朝东南方跑。马善不知道他的主人在等他，随后就追。追出不远，看见柳树底下站着一位道人，让过姜子牙，拦住了马善。只听他大喝一声："马善，你认得我吗?"马善只当作不认识，一枪刺了过来。燃灯从袖中取出琉璃灯，往空中一举，马善就被吸进灯里去了。

　　燃灯命令黄巾力士把神灯带回灵鹫宫。

殷郊受犁锄

殷郊正在在帐等候马善的消息，这时有人来报："千岁，马善追赶姜尚，只见一阵火光一闪马善就不见了。"殷郊听后大惑不解。心想：这一定又是姜子牙捣的鬼，我这就找他算帐去。

收了马善，燃灯回来对姜子牙和广成子说："殷郊被申公豹说反，该怎么办呢？"正商议呢，探马来报："殷郊请丞相答话。"

燃灯说："子牙公你有杏黄旗护身，不怕他的。"

姜子牙带领众将出城，对殷郊说："殷郊，你背叛师门，难免受黎锄之刑的，趁早投降还来得及。"

殷郊大怒，见了仇人，恨得咬牙切齿，大骂："你个老家伙，把我弟弟化为灰烬，我与你势不两立！"一戟刺向姜子牙，姜子牙仗剑相迎。

温良打马过来相助，哪吒一看蹬上风火轮把他截住。温良举起白玉环来打哪吒，哪吒扔出乾坤圈，"嘭"的一声，将白玉环打得粉碎。温良大叫一声："毁了我宝贝，我与你没完！"奋力来战，又被哪吒一金砖，正中后心，打得往前一晃。他正想逃，被杨戬一弹子击穿眉头，栽下马去，死于非命。

殷郊见温良死了，举起番天印打来，姜子牙展开杏黄旗，只见有万道金光祥云笼罩，又出现千朵白莲，紧紧护住姜子牙全身。番天印悬在空中就是打不下来。姜子牙随后举

封神演义故事

起打神鞭，正中殷郊后背，翻身落马。张山、李锦赶紧来救，殷郊已经借土遁跑了。

姜子牙大获全胜。进城后，燃灯对广成子说："番天印难收，姜子牙拜将的日子也快到了。如果耽误了，你就是罪人了。"广成子央求道："你为我出个主意，怎么才能除掉他？"燃灯说："番天印厉害，玉虚杏黄旗是降不住他的。除非玄都离地焰光旗和西方青莲宝色旗才行。"

广成子说："弟子这就去借。"说完借纵地金光法，往玄都洞去了。

不一会就来到八景宫玄都洞，看见玄都大法师出来，广成子上前施礼说："道兄，麻烦通报一声，说弟子叩见。"

玄都大法师到蒲团前禀报："广成子来求见师父。"

老子说："不必让他进来，他来是要离地焰光旗的。你把这面旗交给他吧。"

玄都大法师把旗交给广成子说："师父吩咐你不要进见了，拿着去吧。"

广成子千恩万谢，拿着旗离开玄都洞，回到西岐交给姜子牙，然后又去西方。

借纵地金光法，广成子到了西方胜景。等了半天见一个童子出来，广成子曰："童子，麻烦你通报一声，说广成子拜访。"童子进去，不一会就出来了，说："有请。"

广成子进去看见黄脸的道人，就说："弟子犯了错误，姜子牙拜将的日期被殷郊阻止。因此特地到这里来借青莲宝色旗来打败殷郊，帮助周王东征。"

那个道人说："贫道西方是清净的地方，与贵道不同。这面旗借走后，恐怕要被红尘玷污。所以不便借出。"

广成子说："道虽然不同，但理是一样的。东西南北都是一家，不分彼此。周武王是真命天子，应运而兴，东西南北，都在他的统治之下，怎么能说西方与东南之教不同呢？"

道人说："道兄讲的虽然有理，但青莲宝色旗是染不得红尘的，没有办法。"

二人正在争论，后边来了一位道人，原来是准提道人。他坐下说："道兄，青莲宝色旗以前是不能外借，但现在可以。因为大家知道，正是东南方出现三千丈红云后，我们八德池中五百年的花才开放，这说明东方与我们西方有缘。西方虽是极乐，但还要靠东南大教才能发展。广成子道兄远道而来，不能无功而返。"

那个道人听了准提道人的话，觉得有理，就把青莲宝色旗交给了广成子。

广成子谢了二位道人，离开西方回到西岐。

进相府后，广成子把借旗的经过向燃灯汇报。

燃灯说："这样事情就好办了。现在南方用离地焰光旗，东方用青莲宝色旗，中央用戊己杏黄旗，西方用南极仙翁向王母借来的素色云界旗。到时候殷郊只能走北方，我用聚仙旗就可以收拾他了。现在还少两三个帮手。"

话还没说完，哪吒来报："赤精子来了。"

广成子遇到赤精子感慨万千地说："我与你老兄一样，也遭到了不肖弟子。"

正懊恼时，又有人报："文殊广法天尊来了。"

燃灯一看人到齐了，就说："今天麻烦文殊道友拿着青莲宝色旗到西岐山震地驻扎，赤精子拿离地焰光旗在岐山离地驻扎，中央戊己杏黄旗就由贫道拿着，西方聚仙旗就由姜子牙驻扎。"

接着姜子牙命令黄飞虎冲张山军营大门，邓九公冲左边营门，南宫冲右边营门。哪吒、杨戬在左，韦护、雷震子在右，黄天化在后，金吒、木吒压阵。

殷郊正和张山讨论军情，突然听到杀声震天，急忙出来迎战。

只见黄飞虎带领人马杀进了营门，一拥而入，不可抵挡。殷郊大叫："黄飞虎，你敢来劫营，是你自寻死路。"说完手中戟就刺过来。黄天禄、黄天爵、黄天祥也一拥而上，将殷郊围在中心。

邓九公带领副将太鸾、邓秀、赵升、孙红冲杀左营，南宫领着辛甲、辛免、太颠、闳夭，直杀进右营。

哪吒、杨戬杀进来帮助黄家父子。哪吒的枪就在殷郊的前心、后背、两胁乱刺，杨戬的三尖刀在殷郊的头上乱飞，把殷郊打得手忙脚乱。他先用落魂钟对哪吒一晃，哪吒一点没事；再用番天印打杨戬，杨戬纹丝不动。

哪吒扔出一块金砖，正中殷郊的落魂钟，只打得霞光万道，殷郊大惊。

南宫斩了对手也杀到中营来助战。

邓九公大战张山，喷出一口烈火，张山被烧得面目全非，邓九公一刀将他劈于马下。之后邓九公领众将官也来助战。

殷郊被团团围住，就像铜墙铁壁。他虽然有三头六臂，但怎么经得起一群大将的围攻？再加上雷震子在空中，土行孙在地下，更是险象环生。见势头不妙，殷郊用落魂钟把黄天化幌下玉麒麟，打开一道缺口，逃了出去。众将在后面追。

来到西岐山，殷郊回头一看，只剩几个残兵败将了，只好一个人走了。他准备到朝歌向父王借兵来报仇。正走着，忽然看到文殊广法天尊站在前面，叫住他说："殷郊，今天你要受犁锄的惩罚！"殷郊大怒，举起番天印来，文殊广法天尊忙展开青莲宝色旗。只见金光万道，出现一粒舍利子。殷郊手里的番天印就掉了下来。

殷郊大惊，向南方逃去。忽然看到赤精子拦住去路，就使出番天印。赤精子展开离地焰光旗，只见番天印在空中乱滚，打下不来了。

殷郊忙收了印，朝中央跑去。燃灯道人拦住去路，殷郊举印就打。燃灯展开了杏黄旗，番天印也打下不来。

殷郊只好收印往西跑，正看见姜子牙。大喝一声："仇人拿命来！"举起印就打。姜子牙急忙展开聚仙旗，番天印也打下不来了。姜子牙举起打神鞭，殷郊忙抽身往北而走。

殷郊走投无路，只好走小路。路越来越窄，只好下马步行。听到后面追兵来了，忙借土遁想逃。殷郊的头刚冒出山尖，燃灯道人便用手一合，两个山头挤在一起，将殷郊的身子夹住，只有头露在山外。

燃灯命令广成子推犁上山。广成子一见殷郊，不禁泪流满面。他闭着眼睛挥了挥手，武吉就犁了殷郊。

221

封神演义故事

姜子牙金台拜将

姜子牙打了一系列的胜仗，有了强大的人才将领和物质基础。西岐城各位将领群情激奋，摩拳擦掌，准备东征，就等姜子牙上书武王。

纣王三十五年三月初四，武王早朝，姜丞相捧出师表上殿。武王命令呈上来，低头观看。

姜子牙在表中历数纣王的十大罪状，天怒人怨，请求发兵征讨，一举推翻商朝，顺应天意，救百姓于水火之中。

武王看完，半天才说话："相父啊，虽然说纣王惨无人道，被天下人唾弃，理应当讨伐。但昔日先王曾经有遗言，臣子不能讨伐君主。今天如果我这样做了，就要被天下人骂为不忠；我违背了先王的意愿，就是不孝。所以我如果发兵讨伐纣王，就是不忠不孝之人。我们还是尽做大臣的本分，与纣王和平相处吧。纣王改过自新，不就更好了吗？"

姜子牙曰："老臣怎么敢辜负先王？但天下诸侯联名上书，控诉纣王的滔天罪行，说明纣王已经没有资格做君王了。他们集合队伍，整装待发，随时准备兴师问罪，都在等待武王一声令下。东伯侯姜文焕、南伯侯鄂顺、北伯侯崇黑虎已经汇合孟津，并已通知了其他诸侯。老臣担心耽误了国家大事，因此上表，请武王决定。"

武王说："既然他们三路想讨伐纣王，那就让他们去。我与相父守卫本土，尽一个做大臣的职责。一方面不失君臣之礼，另一方面可以遵守先王之命，不是两全其美吗？"

子牙说:"天是万物父母,人是万物之灵。君临天下的人,必须是对天下诚实不欺,对百姓应尽做父母之义。现在商王荼毒生灵,恶贯满盈。百姓处在水火之中,先王也曾痛心疾首,带着遗憾而去。现在武王率领正义之师,替天行道,解救百姓,这不是顺理成章的事吗?如果坐视不管,罪名不也和纣王一样吗?"

上大夫散宜生上前一步说:"丞相的话完全是为国为民,大王不能不听啊。现在天下广土众民诸侯都在孟津等候,如果大王不发兵响应,就会失信于人。众人不服,一定会怪我们助纣为虐。依老臣之见,不如听相父的话,统率大军与各路诸侯汇合,先进五关,驻扎在边境,起震慑作用,让纣王反省,悔过自新。这不是两全其美吗?"

武王听了散宜生的一番话,笑逐颜开:"大夫说得好极了。"

散宜生说:"大王进军五关,必须要拜丞相为大将军,统一指挥,才能有条不紊。"

武王说:"就依大夫的主张,拜相父为大将军。"

散宜生说:"当年黄帝拜将,修筑了高台,举行了盛大的仪式。今天我们也要这样做,以显得隆重,众人才服。"

武王说:"好,这件事就交给大夫全权处理吧。"

朝散后,大家都到相府祝贺姜子牙,个个欢天喜地,兴高采烈。

第二天,散宜生命令南宫、辛甲往岐山建造将台。

几天后,将台建好。散宜生进宫向武王汇报:"臣奉旨造将台,现在已经完工。三月十五是良辰吉日,请大王到台上亲自拜相父为帅。"武王准旨。

三月十三日，姜子牙命辛甲为军政司，将制定好的纪律张榜公布，挂在帅府，让众位将领牢记心头。

三月十四散宜生进宫提醒武王："请大王明天清晨到相府请丞相登坛。"武王问："拜将都有哪些礼节?"散宜生说："大王可以参照黄帝拜将的礼仪。"武王说："你和我想到一块去了。"

三月十五，武王带领全朝文武来到相府前，只听礼炮齐鸣，礼乐四起。相府门开，散宜生领着武王来到银安殿。军政司高呼："请元帅升殿，大王亲自来拜请元帅上车。"姜子牙连忙出来，武王弯下腰，把手一伸："请元帅上车。"子牙慌忙谢过，上了车子。

仪仗队浩浩荡荡出城，只见前面七十里都是大红地毯，一直铺到岐山。西岐的百姓扶老携幼，夹道欢迎。

到了岐山，只见将台边有一座牌坊，上有一副对联：

三千社稷归周主，一派华夷属武王。

随后举行了盛大的拜将仪式。

武王在台下拜了两拜，然后说："相父现在为大周东征，但愿早到孟津会兵，速战速回。"

姜子牙跪拜谢恩。

这样，姜子牙正式成为西岐兵马大元帅，统领西岐大军及各路诸侯讨伐纣王，打下一片江山，成就大周八百年基业。